U0961694

辛德瑞拉
02

与神明的初恋

Yu Shenming De Chulian

夏光 / 著

百花洲文艺出版社
BAIHUAZHOU LITERATURE AND ART PRESS

图书在版编目（CIP）数据

与神明的初恋 / 夏光著. — 南昌：百花洲文艺出版社，2017.12

ISBN 978-7-5500-2556-1

Ⅰ. ①与… Ⅱ. ①夏… Ⅲ. ①长篇小说－中国－当代 Ⅳ. ①I247.5

中国版本图书馆CIP数据核字(2017)第296430号

出 版 者　百花洲文艺出版社
社　　址　江西省南昌市红谷滩世贸路898号博能中心A座20楼　邮编：330038
电　　话　0791-86895108（发行热线）　0791-86894790（编辑热线）
网　　址　http://www.bhzwy.com
E-mail　bhzwy0791@163.com

书　　名　与神明的初恋
作　　者　夏　光
出 版 人　姚雪雪
责任编辑　王俊琴　　李　瑶
特约编辑　廖晓霞
装帧设计　Insect
封面绘制　cain酱
经　　销　全国新华书店
印　　刷　长沙鸿发印务实业有限公司（长沙黄花工业园三号　邮编410137）
开　　本　880mm×1230mm　1/32
印　　张　8.5
字　　数　216千字
版　　次　2018年3月第1版
印　　次　2018年3月第1次印刷
书　　号　ISBN 978-7-5500-2556-1
定　　价　32.80元

赣版权登字：05-2017-501
版权所有 侵权必究
图书若有印装错误可向承印厂调换

目录
contents

Yu Shenming De Chulian

目录
contents

Yu Shenming De
Chulian

楔子

从未想过，整个宇宙，会为我静止整整三百年。两个文明，会因为一个男孩对另一个女孩的爱而改变。

但苏曦止，你都做到了。

你很厉害。

而我，又有什么理由去悲伤？

Yu Shenming De Chulian

Chapter 1/荒诞浮世

2018年6月7日，天空湛蓝，万里无云。读书声伴着知了鸣叫，让人昏然欲睡。

“夏光，现在是上课时间！”背后传来数学老师的呵斥声。

少女冲出教室。

前方数人顿住脚步，落在最后的少年回过头，他有双明亮清澈的眼，征得大人同意后，安抚性地摸了摸夏光的脑袋：“我哪里也不去。”

“可……我很慌。”少女摇头，死死抓住少年的衣角，“你转学后能给我打电话吗？以后考哪个大学？会搬走吗？”

前方身材高大的男子们不满地皱眉，发出意味不明的窃窃私语。夏光看着苏曦止的表情，忽然呼吸不顺了。昨晚教室空无一人，苏曦止站在夕阳的余晖中向她表白，还将自己的手机给她保管，说过几天来拿。很难相信，他就这样毫无征兆地走了。

“夏光，你胆子越来越大了！”数学老师踩着高跟鞋走过来，“苏曦止要和他的家人办理退学手续，现在是上课时间。”

前方一人机敏地上前拉了拉苏曦止的胳膊。苏曦止沉默，眼中仿佛浸满海水。一股戾气萦绕周身，他猛地抓住夏光的肩膀，双唇轻巧地印上她的额头，灿烂一笑：“我哪里都不去，你一定要等我。”

“快！快把他们分开！”数学老师仿佛浑身着了火，尖叫起来。

整个走廊乱成一团，无数只脑袋从窗户内好奇探出。黑衣人冲上前，试图扯开他们两人，但苏曦止似乎在用一生的力气持续这个拥抱。

咣当一拳，他被打倒在地。黑衣人拖曳着他前行，口中含混着古怪的咕噜声。

夏光吓得一动不动，混乱中抓住窗边的一把扫帚，就要追去。可瞬间，所有喧嚣骤然远去。在这平凡的午后，热烈的阳光消失了，一个巨大阴影投射下来，所有人抬头望天。风吹着树叶哗哗作响。

巨型UFO悄无声息地降临在A市校园上空。

仿佛身上装着磁石，黑衣人连带苏曦止，全部克服万有引力，缓慢飘浮上天。就像一场幻觉般，消失在苍茫浩大的天际间。

嘈杂蒸发，整个校园陷入死寂。冷汗浸透了每个人的校服。夏光的同桌杨晓从教室内走出，喃喃道：“转个学酷成这样，真不是人。”

“喂，夏小姐，到站了。”忽然，肩膀被摇了摇，夏光揉着眼睛从梦中惊醒。

车窗外雪花纷纷扬扬，厚厚地覆盖着远山苍松。一张戴着高度数眼镜的脸豁然放大，她不由自主地缩了缩脖子。

“龙山保护区。”眼镜男献媚道，“快到山顶了，一会儿能看见猕猴群。”

“呵呵，方才感觉你很难受，还没睡醒吧？”眼镜男接着道，有意无意地将手放在夏光肩头，笑容有些猥琐。

扭曲的光影，分不清幻觉和回忆。夏光微微一笑：“梦见了高中的时候，外星人降临学校，带走了我最喜欢的同学。”

“哈哈，夏小姐真是幽默。”

“恰恰相反，我很严肃。所以，差点在精神病院治疗一年。”气氛微妙，沉默中渗出点尴尬。夏光吐了吐舌头。闺密杨晓说得好，男人不能看表面，最后剩下的不是奇葩就是渣，旅游最能暴露一个人的人生观及生活方式。她瞅了眼身旁的眼镜男。这家伙抿着嘴，如临大敌，甚至紧张地站起了身。胆小鬼，她暗暗好笑，失望地叹了口气。

山顶极冷，能见度更低。不少登高远望的游客意兴阑珊。夏光打了个哈欠，干脆拿手机聊起天。

眼镜男好奇地探头，拘谨地笑了。

“夏光？你怎么能和其他男人在一起？”忽然，一道愤怒的声音响起。

未见其人先闻其声。前方大大咧咧地站着个灰衣皮裤的胖胖青年。

夏光扯了扯嘴角。历数她的相亲史，这位仁兄在奇葩排行榜上必定列位前三。见面第一句台词是“你便是我命定之人”，遭拒后一厢情愿地问：“你是在考验我吗”，中断联系很久后的某天发短信“亲爱的，今天是我们相识相恋第六个月”……行为举止处处透着生死绝恋的味道。

若是平常，夏光必定大喊流氓，就地取材，砖头包包甩他一脸。可如今，她却起了玩闹的心思。

“你来啦？亲爱的！”夏光分外热情地挽住胖青年的胳膊介绍道，“这是我男朋友！”

“你……你……你有男朋友还相亲！”眼镜男瞬间惊恐万分。

“是啊，为了证明人家很有魅力嘛！”

“简直无耻！”

“喂！怎么说话呢！”胖青年不客气地大声嚷嚷,挡在夏光前面，“她这是想考验我对她的爱情。你懂什么？”

眼镜男怯弱地后退一步，鼓起勇气，双眼冒了火：“告诉你死胖子，你女朋友不仅在外面四处勾搭男人，还和人上床！”

夏光不怒反笑，脸上扬扬得意，修长手指抚上眼镜男的面颊，贴着他的身子悠悠道：“还有呢？”

“还有……”眼镜男呼吸一窒，结结巴巴道，“还有很多！”

夏光嘲笑，甩手一个飞吻，头也不回地转身离开。

二人目瞪口呆。

少了相处的煎熬，夏光拿着相机兴致勃勃，跟在旅游团后自得其乐。

大雪封山，天寒地冻。猴群缺食少粮，纷纷跑到路边讨要。一只小猴伸出毛茸茸的小手，抢过夏光手上的花生，做了个鬼脸。

“咔嚓”一下，抓拍到了！构图不错，光影效果好。夏光兴奋地回了个鬼脸。

这一玩便到了暮色时分，苍雪映着红日，瑰丽壮阔。山顶旅馆笼罩在一片金灿灿的光芒中，勾勒出两道人影，眼镜男和胖青年守在大门口。

夏光心道不妙，装作没看见，一头冲进去。

“夏光，你现在就给我们个答复！”胖青年怒气冲冲。

“刚刚我们争论了好久。决定尊重你！我还是他，选个结婚吧！”

若不是条件不允许，夏光心中的小人早血溅三尺口吐白沫。她迟疑半晌，眼珠转了转。

“不用在意我的感受。”胖青年一脸视死如归，感动地抹了把泪。

眼镜男附和：“方才你羞辱我的那刻，忽然发现人生非你不可。”

夏光被逗得憋不住，哈哈大笑起来。

胖青年失望，一把抓住眼镜男："既然如此，那就决斗吧！"

眼镜男后退一步。夏光挡住他的去路，幸灾乐祸道："打架吧，说不定也非他不可呢。"

就在局势失控时，一张笑眯眯的脸挡在他们中间。暗淡的光影下，顾天的白皙皮肤有珠玉的光泽。

……

限量版兰博基尼劈开风雪，仿佛离弦之箭奔驰而去。窗外景物迅速后退，顾天打了下方向盘，上了高速。他身子如竹笔直，蹙着眉头，一语未发。

"夏小姐若想看动作片就去影院，现场版免了。"顾天生气时，总爱抑扬顿挫又略带嘲讽地喊她"夏小姐"。

夏光笑嘻嘻地凑到前方道："谢谢你大老远来接我。"

"不客气，只是搅了你戏弄人的兴致。"

"真别说，别人想打架，你拦什么拦。特别是那胖子多不愿意啊。"夏光惋惜道，"顾总，就你那气势，别说他们，就算几个彪形大汉也要掂量下。"

"我很凶？"顾天问道。

"谁知道呢？"夏光翻了个白眼。

十六岁认识顾天。那年的他虽生活优渥，是同学眼中含着金汤匙的大少爷，可周身那股冷漠的气息，却让普通人退避三舍。前桌的夏光，少不得逗他，却收效甚微。仿佛独自生活在地狱的恶鬼，在彼岸黄泉中划出一方领地，对待任何闯进来的人，他都眼神冰冷，话语绝情。夏光不记得被嘲讽过多少次。可如今时光变迁，顾天的脸越发生动了。他会笑，千姿百态的笑容，温暖肆意蛊惑人心，让人不由自主被其牵着鼻子走。可以想象，他在商场叱咤风云，神不知鬼不觉签了多少单生意。

“只是想在芸芸众生中找寻一人，不离不弃，接受糟糕透顶的我罢了。”夏光道，“可我很挣扎很害怕啊，害怕自己会看错，看错了就再也遇不到他。”

“你一直很聪明。”顾天评价道。

“不，你知道的，我看男人的眼光很差。”夏光摇头。苏曦止这个名字呼之欲出，可在顾天面前，这是禁忌，他甚至比夏光还怕听到。

沉默蔓延，无数岁月往事翻滚旋转。车内气氛凝滞，可路依旧向前，甚至未等夏光道歉，顾天就开了车门，下了逐客令。

果然，真恶劣。夏光暗自好笑，她拿了包包，望着轿车绝尘而去，只觉记忆历久弥新。

夜凉如水，无星无月。

原来，都十年了啊，苏曦止你在哪里?

夏光搓了搓手，一路往市区走。她出生那天，是个阴雨绵绵的午后，阳光困守云层，万里惨淡。母亲难产死亡后，直接被推进停尸房。父亲在走廊中痛哭，抱着襁褓中的她差点摔在地上。在医院孤独地待了一星期，她才被远方赶来的阿婆领回家。

或许，从降临人世的那刻起，她就倒霉透了。

童年时光琐碎悠长，带铁丝网的窗棂外，鸽子红彤彤的眼睛妖气弥漫。空旷房间像个大大的迷宫，打开抽屉像打开全新的世界。阿婆总会将许多小玩意藏在衣柜下面，扣子呀硬币呀。仿佛能挖到世间最珍贵的宝藏，夏光兴奋地跳上桌子，如翻山越岭到达终点的探险家。

她将所有的扣子都起上一个动听的名字，选出王子、公主、骑士、稻草人。它们会说话、会笑、会思考，推动这庞大的帝国滚滚向前。相逢、偶遇、离别在空荡荡的房间里上演。那时候以为，这就是人生了。

平房低矮，远处荒废工业区漆黑一片，若是其他女孩，早吓得电话乱打。可夏光没有，她哼着歌，张开双臂，深吸一口寒冷空气，感觉到了久违的自由。

沿着公路走了半小时有些冷，她拿出手机查看时间，却摸到了一个不在预想中的坚硬物体。拿出来一看，她一下乐了，方才拉架，顾天随手将钱包塞过来了。

路灯下，黑色皮质钱包质感光滑，夏光咽了口唾沫，好奇心倍增。

不光顾天，整个顾家对私生活都极端保密。以前她一直嘲笑顾天家开的不是公司，而是特工组织基地。大到些秘闻，小到钱包手机，一律禁止翻看打听。曾有人因破了规矩，被顾天的父亲开除，丢了饭碗。

钱包小巧，低调奢华，明显高端定制。几番挣扎，夏光小心翼翼地拉开夹层。

一张泛黄照片映入眼帘。女孩神采飞扬，眉眼带笑。

那是十六岁的夏光。照片背面少年的脸既熟悉又遥远。摩挲着这人影，她的身子骤然抖成了筛子。

秘密，只为真相存在。

第二天，夏光从学校下班，早早上了公交车。大雪飞扬，隔夜被碾成肮脏黑色。

街上人来人往，A市古城历经百年，太多焚毁重建，遗留下来的逐渐演变成商业步行街。

年少时，夏光踩着青石板路，穿街越柳地去找苏曦止、顾天时，脑海里总会浮现《红楼梦》中对宁荣二府的描述。虽不如那般阔绰，却古色古香，韵味十足。琼榭朱楼，雕栏画栋，连黄昏灯光也似飘摇了百年。她抚摸着外墙上饱经风霜的顾家族谱，很难想象，同一片天空下，百米之外高楼林立。

再次将相片从包内抽出，背面赫然贴着另一个人的照片，苏曦止。

“吱呀”一声，顾天不知何时已站在门边，朝她招了招手。她一惊，照片落到地上。她手忙脚乱地塞回去，尴尬道：“方才给你电话，还说在外面，怎么这么快？”

顾天的目光移到钱包上，但仿佛是刻意忽视什么一般，直接道：“昨天，我又把车开回去找你……”

“走到一半看见有旅行社的长途大巴，给了钱就搭了顺风车。”夏光拉起顾天的手放在身前轻轻荡了荡，撒娇道，“我错了！”

“进来吧。”

“进来？”夏光一呆。顾家对隐私尤其看重，宅邸更不愿外人进入。难道一张照片就要杀人灭口？有必要吗？不，很有必要啊。

“最近悬疑剧看得挺多啊。”顾天心如明镜，睨她一眼，刮了刮夏光的鼻子，玩笑道，“进去领罚吧。”

“真的不需要，我们去外面吃！去外面吧！”夏光慌忙摆手。

“父亲要见你。”

夏光瞪大了眼。

正厅，晚上七点。

顾父顾准威严端坐，一条藏青色长袍，饱经风霜的面颊上两道法令纹极为显眼，将碧绿的青瓷茶杯重重一放，夏光的心跟着一跳。

看得出，心情不佳啊。

夏光绞尽脑汁也想象不出，这么个人物和她有何可说。似乎除了十年前……喜欢过他们的大儿子苏曦止外，她并未唐突过什么。

讲到苏曦止，她一直奇怪身为顾家长子，顾天的哥哥，他为何会姓苏。如今远观顾父神态，心中豁然明朗。这么个犹如清代穿越而来的老学究，必定发乎性，止乎礼。出轨？太荒唐了！定是老婆出轨！

思及此，夏光颇为同情地回望过去。如此含辛茹苦给别人养儿子，真是心性豁达高山仰止！

“夏小姐，真是很厉害啊。”话语竟有讽刺味道。

夏光一愣，配合环境，她鬼使神差地赔笑道：“过奖，过奖。”

顾父冷冷哼了声，怒气更盛，转头问顾天：“她哪里好了？家世、心性、品貌、学历没一样配得上你。”

“哪里都好。”顾天笑道。

夏光脑海中闪现顾天钱夹中自己笑靥如花的照片，不由自主站起身子，望着他。

她不得不承认，这个薄情寡淡的顾天，确实默默地喜欢了她十年，甚至在她整日追着苏曦止乱跑的时光里，就已经喜欢了。

只是当这心意犹如深流的静水，排山倒海汹涌而来时，她退却了。

表白没有，交往更没有，丝毫未征求同意，就直接见了家长敲定婚事，甚至昨晚还将她弃之荒野，若不是铁打的女汉子高风亮节，早将他大卸八块了。

夏光咬着指头腹诽，若是哪天能和顾天相个亲，他定会勇得奇葩排行榜榜首。

“夏小姐，你要明白，无论如何我都不会同意这桩婚事。”顾父道。

“不是您同意不同意，我把她带回来只是见个面。”

虽然顾天自小叛逆，但当着外人如此抢白，顾父的脸骤然阴沉下来：“若想娶她，除非从这个家离开！”

火药味十足，硝烟四起。眼看收不了场了，夏光连忙站起鞠躬道：“顾天很优秀，我明白自己的局限。配不上您儿子，很遗憾。”

“夏小姐，我们家有些特殊，你是知道的。”顾父面色稍霁。

“我们有话要说。”顾天将夏光拽了出去，在门外深吸一口气，“你在犹豫什么？我可以保证给你最好的生活，外面那些陌生相亲男，又能做什么？我父亲那边，你大可放心，只是这会儿嘴硬，他是面冷心热，时间久了，自然会接受。”

“顾天，我……”

“现在家里每个亲戚朋友都知道，我要结婚了。”

“可是……”

“从这里出去，你会看见街上每一盏灯都在祝愿我们幸福。顾家虽然低调，但顾氏集团却是A市最大的企业，婚讯明天会变成金融版头条。”顾天打断她，“夏光，我并非不懂浪漫。”

“你……”

“顾家四处是秘密，内部却没有秘密，谁都知道你是我哥哥喜欢的人。你想让我颜面扫地，输给一个死人吗？”最后那抹笑意从嘴角消失。

很难想象，今日若拒绝，会让自尊极强又自命清高的顾天干出什么。夏光骑虎难下，揉起衣角。

天色暗淡，顾天斜靠在巨大的红色漆柱上，有些走神。从未见过如此脆弱的他，夏光的心骤然软了：“我已经很久没喜欢过谁了。你是我最好的朋友，正因如此，我才绝不会把你送入地狱。”

“没逼你，只是在逼自己。”顾天点了根烟，微弱的光芒忽明忽暗。

他将头埋进掌心：“你不明白。十年了，只有破釜沉舟，默默把明天当末日，才敢告诉你我喜欢你。”

“因为苏曦止吗？”顾天忽然摇晃起她的肩膀，“谁都知道他是被撞死了，还是因为你。”

“不，他没有！”夏光大叫。苏曦止是顾天的死穴，如今他居然用他最怕的东西提醒她。

“苏曦止为了救你被卡车撞倒，警局还有车祸现场的照片。”顾天轻蔑笑道，“这世上没有UFO，更没外星人。事后都查明了，是食堂食物出了问题，让全校出现集体幻觉。夏光，不要自欺欺人了。2018年6月7日，这个日子你应该比谁都记得清楚，这一天他死了。”

夏光挣扎，脑子炸裂般疼痛，仿佛要抓住临死前最后一抹亮光。她喘息着打开那个钱包，将照片翻出，望着顾天深邃的眼道：“那你能解释它吗？”

“那是……哥哥啊。”顾天眼底闪过一丝莫名的情绪，沉默很久才道。苏曦止的背影颀长清俊，依稀辨认得出。

“不，日期。”夏光指了指数码相机留下的那一串数字，“2018年6月9日。这是车祸两天后拍的？难道这张照片来自天国吗？”

“PS上去的。你知道哥哥是我最重要的人，我不想失去他。”顾天不假思索。

谎言，夏光想。顾天的谎话，远比真话来得轻松。

“三天时间，给你答复。”夏光咬了咬嘴唇道。

华灯初上。

长廊曲洞，方厦圆亭，笼罩在一片漆黑之中。落雪红梅映天光，寒风顺着小窗吹进房间。顾父负手站在窗台之前，叹了口气。

“顾天，这个女孩是个外来者，会扰乱一切。”顾准望着夏光离开的背影，“十年前是前车之鉴，顾家根基不容动摇，不要和你哥哥犯同样的错误。”

“不会的。”顾天转头笑道，“我绝对不是他。”

“确实不是。”忽然，一个苍老的声音自厅堂传来。老人坐在轮椅上，脸如风干的橘皮千沟万壑。下巴胡须攒了大把，他驼着背，枯瘦手臂抓起身旁一根拐棍。虽然他老得仿佛半截身子入了土，但双眼炯炯有神，是青年人才有的通透明澈，“苏曦止这孩子，不是谁都能比的。”

“父亲。”顾准对老人十分恭敬，然后转头对顾天喝道，“还不回房间？那个女孩说什么都不能娶！”

顾天站了半晌，面色阴沉地离开了。

“哼，动摇根基？”老人摆摆手，“罢了，这个家随你们折腾。反正那孩子走了，也没什么指望。”

盥洗台前，夏光下意识抿了抿嘴，举起那张泛黄的证件照。镜中的自己头发乌黑，鼻子小巧，微微一笑时双眸璀璨婉转，较之照片似乎清瘦了些。她鼓了鼓腮帮，咬牙冲进洗手间。

五分钟后，她深吸口气，昂首阔步地走到靠窗的位置上。闺密杨晓正低头锲而不舍地玩手机，意识到有人，她抬起头来。

“你觉得，我跟十年前比，有什么变化？”夏光有些紧张，她的话语中透着股惶惶不安，前天猛然看到以前的照片，发现一点没变。

“有！更变态！更神经了！”惊愕未停留一秒，杨晓兴奋地拍着桌子喊，“双马尾！旧校服！运动鞋！天啊，还有我们的校徽。知不知道高考那天我不仅把书撕了，还放火差点烧了我家衣柜，被母上大人严厉制止！这么恋旧你到底是怎么做到的？难道你们班熊孩子大扫除，校领导又把你认成班长了？你这班主任当得……不过，年轻也不是坏事。”

“最惨的是熊孩子也把你当班长。”

“洪水猛兽，令人发指。”杨晓点评。

“正经问你话呢！”

“正经？把我介绍给你的所有相亲对象都耍得吐血。和我谈正经？我二姨夫亲戚朋友邻居的小舅子，告状都告到我这儿了。说那天龙山风景区，你不仅说自己有男朋友，还找了个极品高富帅把他打了一顿，现在脸还青着呢。”

“顾天是去拉架的。”

杨晓嘿嘿一笑。

顾天和夏光的性格南辕北辙，但都是大规模杀伤性武器。一个阴着坏，一个明着闹。暑假旅游时，酒店老板见顾天一身名牌又是学生，漫天要价，夏光一言不合掀了桌子，双方争得面红耳赤。顾天大事化小小事化了，以食物原本价钱和闹事损失进行了赔偿。事后却将录音寄给了景点和旅游管理局。一唱一和下来，让老板落了个停业整顿，得不偿失。要说顾天会拉架，打死杨晓都不信。

“其实，我现在很苦恼，他向我求婚……”夏光话锋一转。

杨晓两眼发直，口中汽水全喷了出来。夏光闪躲不及被喷到，顺手拿起了桌上一盘蛋糕对着杨晓。杨晓慌忙捂脸，想着自己一身名牌，毅然又将脸伸了上去。

“求婚！”杨晓重复一遍，“求婚。”

“这个不重要。我必须搞清楚另一件事才能考虑它。”夏光放下盘子，一脸严肃。

“不重要！考虑！绑上了A市首富顾董事长了，还要考虑！天啊，我到底和什么样的奇葩朝夕相处了十年啊？”杨晓赞叹，“蛮厉害的嘛，以前怎么没看出你这么有心机。顾天突然要娶你，感觉怎么怪怪的？”

你怪？我还奇怪呢！夏光翻了个大白眼。顾天心思缜密，善权谋思辨。几十万的生意，也经常让员工做出几套实施方案。以他惯有行事风格，纵使是喜欢的女人，也会相处后再做决定。毕竟，婚姻不是儿戏。

“不过，这后面一定有理由。”杨晓信心满满，“只是你不够聪明，想不到！”

夏光鄙视地看了杨晓一眼。

此人毕业后一直在顾氏集团旗下某化妆品牌做小白

领，对顾天可谓到了个人崇拜的地步。决断失误和鲁莽冲动都被从形容他的字典中删除了。

夏光斟酌了下语言，问：“记得UFO事件吗？我想知道细节和真相。”

杨晓“啊”了一声：“苏曦止的事明摆着，能有什么真相？中毒，无非大家吃毒蘑菇。”

夏光抿嘴摇头。食堂中毒事件后她昏倒了，学校师生众口一致，只说她放学遭遇车祸，可她总隐约地感觉哪里不对。

杨晓灵光一闪：“你是说，想找和你一样的人？那算问对了。我哥！”

“哪里冒出的哥哥？”据夏光所知，杨晓一直声称自己是独生女。

“杨乐啊。”

夏光生气。

高中盛传优班理科小天才，保送重点大学的杨乐眼光独特，狂追普通班差生杨晓，这种“跨种族跨阶级”的恋情，曾感动了无数花痴女。连夏光这种两耳不闻窗外事，一心只读圣贤书的人，都见过杨乐眼巴巴地站在教室窗前，送爱心便当的唯美画面。可无长相无成绩无人缘的三无少女杨晓偏偏很傲慢，次次将盒饭打翻在地，口吐恶言，相爱相杀。有女生旁敲侧击暧昧询问，杨晓不是以更加暧昧的方式回答就是装傻充愣。

“哎呀，我们兄妹自打出生每天打架。十五岁时背着父母签订了份断绝兄妹关系协议！但他有时会找我，当时觉得男友如衣服，穿旧能换，拉低不了档次，但手足情深什么的，听着太恶心。”

十年前的真相居然是这样。夏光喷了口老血，翻了个大大的白眼：“你实在太不靠谱了。”

“我哥有洁癖臭毛病特多，从不在食堂吃饭。他坚持那天真的有UFO，结果和你一样进了医院。不过革命立场不坚定，一个月就放出来了！真是笑死我了。”

“我要见他。”

杨晓抓紧她的手：“夏光，你不会还没好吧？”

“带我去就好了。”夏光苍白一笑，安抚性地拍了拍杨晓的肩膀。

坐在车上，窗外街道一闪而过。

对于杨乐，夏光知之甚少，但当A市警局出现在视野尽头时，她还是被震到。刻板印象中，杨乐与杨晓截然相反，男孩纤细羸弱，少年时是个药罐子，实在无法想象会从事这种荷枪实弹的工作。

警局内，几个中年妇女围着吵吵嚷嚷，一个女子坐在角落独自哭泣。醉汉眯着眼争辩着什么，说着说着就号啕大哭。杨晓和几个人打了声招呼，带着夏光轻车熟路上了二楼。推开门，房间内竟只有杨乐一人，他趴在电脑前，整理文件，抬头的瞬间，眉头拧成了疙瘩。

“你怎么来了？”杨乐反感。他从小品学兼优，自认唯一污点就是这个有些傻里傻气的妹妹。高中时，老妈坚持让他给住校的杨晓带饭，每天他懒洋洋地去，铁青着脸回，饭菜全喂给了楼顶的猫。因为妹妹，他得了个“情种”的外号，原本恋爱情商不高的他，更是几乎成了异性绝缘体。

“找我爸还要给你汇报啊？管得着吗？”杨晓笑着说道，“哥哥，我要是在这里喊，咱爸是局长，你会不会很困扰啊？恐怕这一年多辛辛苦苦干的业绩都会被人怀疑掺了水。”

“你敢！”

“哈哈！怎么不敢！知道厉害就束手就擒！”杨晓拍手，使了个眼色。

男子虽还留有少年时的羸弱瘦小，但多了分老沉世故，眼神中尽是抵触与慵懒。夏光咬了咬唇：“杨晓，你出去吧，我和他单独说。”

“别啊，这家伙可坏了，娘胎里照B超，医生都说他掐我脖子。”杨晓道。

见二人都未动，她耸耸肩，自讨没趣关了门。

屋内瞬间静极，角落饮水机发出咕噜噜的声响。

光影摇曳，杨乐眯了眯眼，虽然表面依旧慵懒，可心仿佛被挖了个大洞，阴沉沉地刮着冷风。不知不觉，冷汗爬满后背。

十年前，杨乐和夏光被关在同一间屋子。

进来第一天，他向那些医生保证自己是恶作剧。可他们仅仅笑了笑，就开始了第一次治疗。钻心的疼痛让他分不清现实幻觉。有些东西，必须永远沉睡在时间与黑暗里。他逐渐惊恐意识到，这些人并非要治好一个疯子，而是想要一个真正的疯子。

夜晚，内心被恐惧填满，他不由自主地盯着夏光。她坐在对着窗户的地板上，脖颈如优雅天鹅，眼底是透明忧伤，如深夜樱花萤火。那么美，那么凄凉。

杨乐打小有种俯视人类的理性，爱情不过多巴胺与荷尔蒙的结合体。他费劲地向夏光解释，他们是有可能逃走的，只要装疯否认看过那东西、记得那个人。

夏光摇头道，你走吧。

见她坚持，杨乐又苦口婆心地说了很多废话，最后狠狠骂了句“死三八”就扭头睡了。

当晚，医院响起警报声。杨乐从梦中惊醒，见夏光瘦小的身影顺着管道攀向天台。

医院乱作一团。

透过铁丝网，整个医院犹如黑夜巨兽浮在脚下。女孩白衣飘飞，纤巧如风。远远地，她似乎望了过来，将一只手伸向天空，无声对杨乐道，他会来找我的。

夏光那瞬间的坚信与执着，让杨乐内心深处涌出股悸动，心恨不得随少女裙摆一起飞向湛蓝天空。

当时的他，年少不知事，虽纤细瘦小却自信爆棚，作为一个IQ200的天才，坚信没什么是靠脑子解决不了的。可夏光的倔强与现实的残忍却彻底打败了他。看着那么鲜活的一个女孩在眼前逐渐枯萎憔悴，澄明天真的眼渐渐蒙上尘埃……他的世界坍塌了，对自由的渴望打败一切。他开始装疯，并自私地只救自己。

不能否认，曾产生了一种类似爱情的东西。可走出大门的那刻，他便决定再不要见到夏光。

那是最耻辱的过去。

“我对你印象深刻。”杨乐沉默许久，“十年前，住你对床。可能你已经不记得了。”

怎么可能记得？

夏光呼吸骤然急促，猛地上前一步。

“可我不能给你想要的答案。”杨乐撇了撇嘴，下意识保持距离。

“为什么？”

“夏光，看看我的人生吧。”杨乐忽然道，“你也看出来了，我父亲喜欢强迫我干不喜欢的事。我本不适合警察这工作，付出多少代价也不见起色，人倒是老了不少。每天五点起床锻炼，处理民事纠纷，连轴转到中午才草草吃顿饭。这段时间局里缺人，下午出警十点才回家，碰到大案更是糟，几乎二十四小时开机随叫随到。犯罪的人都被生活逼得走投无路。与这些家伙朝夕相处，谁还关心宇宙有什么。我曾经觉得自己足够聪明，向往当一名天体物理学家，去探索宇宙，可我们都是蝼蚁啊。外星人，只出现在孩子的世界里。”

“你承认他们，对不对？”仿佛抓到了最后一根救命稻草。

“我很好奇，是什么让你执着这么多年？”

“因为苏曦止不见了啊。”夏光惊慌，“可我明明记得他让我等他。”

杨乐沉默片刻，打开身后一道门。敞亮宽大的房间里，书架上摆满档案。顺着日期找过去，他抽出一本，递给夏光。

“苏曦止那起交通事故。”他斜靠在书柜上，打了个哈欠。

夏光的手骤然抖起来，泛黄纸页上，贴着事故现场照片。十年前的她满身是血，茫然地坐在地上。身旁苏曦止血肉模糊，头被撞掉，脑浆溅了一地。后面几张残躯的照片，更是触目惊心。

“车来时他推开了你。知道吗？很多人遇到这种事，都会选择性遗忘，用些荒谬的理由来搪塞。”杨乐道，“也许在你潜意识里，一直觉得苏曦止是不该死的。”

“可我真的记得……真的记得！”夏光崩溃地号啕大哭起来。

“若一直相信，就没必要哭。”杨乐道，“可见你已经自我怀疑了。”

夏光使劲摇了摇头。十年来心底那脆弱墙壁，终于轰然倒塌。原来，世界竟如此残酷，容不得半点幻想。一切都是笑话。

“骗人！都是骗人的！”她摇摇晃晃地站起身，发现这个念想竟已融入血脉，让她瞬间不知所措。

年少时的梦，又有哪个会成真？真是笨啊。杨乐在身后吹了声口哨，埋头处理今天的杂事。最后一个和他共享那景象的人消失了。而真相又有什么要紧？

Yu Shenming De Chulian

Chapter 2/针锋相对

期末似乎总会下雪。

巨大松树不堪重负，发出吱呀一声响。窗户上凝着雾气，远山风雪朦胧。

夏光监考完，去教务处交了考卷，转身走出校门。上次顾天表白太突然，钱包竟又忘了还他。

踌躇片刻，她拨通了杨晓的电话。

“今天公司有年会，顾总正讲话呢，赶紧来。”杨晓对她道。

“我在外面等吧。”

“夏光，这年会可齐聚各分公司狐狸精。特别是那个杜纯纯，A市三大纳税巨头的闺女。你说她屈尊纡贵跑来当个小白领，谁看不出是为了顾天？听说顾天向你求婚，光灯都铺了一条街，她气得第二天跑去找顾天，结果从办公室出来后，哎哟，都哭成林黛玉了。”杨晓八卦，“不过，顾天是个聪明人，传闻要提任她为部门经理，现在正春风得意呢。”

夏光心道，你这是拿我当靶子呢，我一进去就变成筛子了。

杨晓见她不说话，急忙喊：“天寒地冻肯定感冒，进去给个钱包，能少块肉啊？”

夏光踌躇片刻上了电梯。

大厦顶层外接空中花园，整个会场装点着金色彩带，红地毯一路铺过去。这里美女如云，香肩修腰。相较之下，夏光一身休闲，看起来不光格格不入，甚至寒碜。

门口一身材高挑的迎宾小姐，趾高气扬。

杨晓穿着火红衣裙，如火鸡飞奔而来。见迎宾小姐非不让夏光进，她挽着夏光的手，不忿道：“恐怕这里夏光比谁都有资格。”

夏光慌忙去捂她的嘴，可不少人早已投来探寻目光。

能让貌似谦恭和善，实则拒人于千里之外的顾天大张旗鼓求婚的人，值得一看。几个身段婀娜的女子围着夏光转了好几圈，眼光挑剔。其中最漂亮的那个，栗色大波浪鬈发映着娇俏脸蛋，分外怨毒地笑了。

“喂，杜纯纯，你什么意思？”杨晓不满。

“你这种层次的女孩满大街都是，别不知好歹。飞鸟和鱼是不可能在一起的。”栗色头发的女孩扭过头，拿起桌上一杯红酒，看着夏光，“我们家和顾家世代交好。顾伯父对我很满意。我又是顾天的左膀右臂，他会娶你？”

围观的有人附和，有人拉着杜纯纯使劲递眼色。夏光抿了抿嘴。

“Sorry，大家都是文明人，实话实说。”杜纯纯得意地耸耸肩。

“可我不是。”夏光忽然道。她抓起桌上蛋糕，郑重其事地将其拍在杜纯纯身上，瞬间白色膏状物，犹如花朵开满了裙子。杜家家财万贯，父母五十岁老来得子，对其尤为娇生惯养，就连拒绝过她的顾天，也从未和她有任何正面冲突。

仿佛身上着了火，杜纯纯尖叫着，浑身发起抖来，咬着牙说不出一个字。

“我向来奉行说不过就打。”夏光道，“最讨厌别人明目张胆地欺负我了。”

杜纯纯脸色一变，哇地哭了。

夏光四下张望，果见人群让出条道。顾天西装笔挺，一手插进口袋，目光冷凛。见此，杜纯纯哭得越发凶，踉跄身形，扑进他怀里：“顾哥哥，她好恶毒，她欺负人。我不管！我不管！”

杨晓崩溃地拍了下额头。

顾天蹲下身子，擦净了杜纯纯的小脸，温柔地笑了。

商场如战场，已将曾经棱角分明的顾天，打磨成了块圆润有余的鹅卵石。

夏光想起很多年前，班上流行做手工，各种手编镯子和纸折星星。顾天总爱冷着脸道：“丑。”

夏光一脸高兴，将五颜六色的绳子在他眼前晃了晃：

"丑吗？要不我送你吧。"

铃铛略显女气，很难想象配上顾天当时阴沉气质是什么感觉。夏光忍不住趴在桌上捂脸大笑。顾天不自在，别扭扭头，居然小声蹦出个好字。

夏光惊奇地瞪大眼。

"我说你送我后，我绝不会戴。"不知是不是错觉，顾天脸上升起丝可疑红晕，粗鲁地推门而去。

"别啊，我重新给你编一条。"夏光站起身喊道。

夕阳西下，残阳碎金。

夏光打扫完教室，顺着小道飞也似的跑了。她花了整整三天，编了条钥匙挂件，三颗圆润的孔雀石，发出瑰丽的绿光，尾部系着一大大铃铛。好看虽好看，只是缺乏经验，有些地方粗细不匀。夏光有些可惜地想，作为第一个成品，要送给苏曦止真是差强人意啊。若是顾天早些找她要，好歹可以练个手啊。

一想有借口和苏曦止说话，更能将亲手做的东西送给他，夏光的心就雀跃了，一刻都等不了。

偌大操场传来篮球击打地面的啪啪声。苏曦止伸长胳膊，三步上篮。

夏光鼓起勇气迈开步子，却被另一女生抢了先。绿树掩映，她还是认出那是隔壁班班花吴雪。

吴雪大大方方地拿出包装精致的纸盒，清秀的脸上泛出红晕，甜甜一笑："送给你。"

苏曦止打量了她一番竟没接。

两个都是聪明人，吴雪的脸顿时一白，气急败坏道：“我才没喜欢你，少自作多情。”

苏曦止笑了：“我有喜欢的人，谢谢你。”

吴雪愤然，走出去好远，还不甘心地回头：“错过我你会后悔的！”

原来苏曦止有喜欢的人了啊。是谁呢？夏光手中挂链骤然滑落。顾天不知何时站在她身后，冷笑一声：“他有什么好？”

被看穿最隐秘的心事，夏光莫名慌了。

顾天径直走到苏曦止跟前道：“哥哥，你看那个女生那么喜欢你，答应不好吗？她比夏光漂亮，比夏光聪明。做的东西也比夏光好看多了。这样一比，夏光几乎没什么优点。”

“死顾天，居然说我坏话！”女孩子总是在自己喜欢的人面前很在意形象。夏光不依不饶，涨红着脸。

顾天偏执冷漠，强势霸道。苏曦止虽温和善良，却沉默坚定。二人认定的事，全然不妥协。两人虽有血缘关系，却势如水火。

顾天抓住夏光的手：“如果你知道他的真面目……”

“顾天！”苏曦止喝道，眼底惯有的笑意消失无影，取而代之的是不可违逆的强势。

被那种眼神看着，不可能不心虚害怕。可顾天偏偏不看，闷头一拳挥上去。苏曦止应声摔倒，鲜红的血液从浓密的黑发中流了下来。他收起了方才的气势，竟玩味地笑了：“幼稚，以为我会还手？”

对付你，根本不需要动手。

顾天的眸子如幽冥浑水。在夏光的惊呼声中，他猛地扑上去，将苏曦止扑倒在地。

回忆就此停止。

夏光看着十年后的顾天，忽然发现眼前的人离自己异常遥远，全然不可触及。

眼前的这个人是他吗？她几乎不认识他了。

他被众人簇拥着，眼底全是高傲，可笑容又特别和善。那矛盾的神色透出一股奇异的高贵。

夏光忽然意识到一切都是幻觉，他给她的承诺太过缥缈。此时，作为一个女人，她简直难以原谅。他们处在一个空间内，他却戴着一副她不认识的面具，全身而退。

“我就是坏人，难道你不知道？”夏光歪头。

公司谁都知道，顾天最讨厌的，是无理取闹的女人。

一股微妙的气氛萦绕在几人之间。

顾天瞳孔缩了缩，眸子越发暗沉，上前一步：“夏光不太懂事，我替她赔不是了。纯纯，你想怎么罚？”

整个大厅的人都愣住了，旋即会心一笑。原来不是撒娇有错，而是对象错了。

杜纯纯哭道：“她那么不讲道理，那么蛮横！干吗理她！是狐狸精吗？我哪里不如她了？”

“是我不对。没正式向你介绍才出这样的乱子。”顾天道，“若是不开心就冲我来吧，怎么样都好。对不起，对不起。”

夏光再看不下去，径直走出大厦。

手机在口袋中嗡嗡作响，她下意识地按了接听。杨晓的大嗓门简直振聋发聩：“夏光你跑哪里去了？顾天帮你道歉了啊，已经没事了。”

“杨晓，如果有这样一个人，不管妥协还是坚持，都只为你。你会接受他吗？”仿佛有千斤重担压在肩头，夏光喃喃道。

时间回到那个炎热夏季，顾天下死力打，苏曦止咬着牙不还手。仿佛一场漫长马拉松，拼着耐力和时间。

最后，顾准赶到学校。

顾天躺在地上气喘吁吁，累得连指头都动不了。苏曦止满脸伤痕，半边脸肿得高高，却得意扬扬：“最后还是我让了你。”

“起来给哥哥道歉。”顾准暴怒。顾家古怪神秘，等级制度森严。因冒犯哥哥苏曦止，那年，一向斯文的顾准，竟抄家伙差点打断顾天的腿，顾天倔强地跪在地上，咬着牙昏过去。

无论对错，“对不起”这三个字在少年顾天的字典中，似乎从未存在过。

天空大雪纷飞，整座城市带着冰块的质感。茫然四顾，无数高楼正以肉眼可见的速度迅速崛起。对面大街上，十年前的自己仿佛在人潮汹涌中唱着歌旋转，雪花落在身后一脸倔强的顾天的头上。不远处的车站旁，苏曦止一脸阳光，挥着手消失不见。

原来，都会变，从我们笑着出发的那刻，红尘已滚滚向前。

风雪渐停，夜色浸染。夏光捧着花，顺着墓地小道一路行去。她拂去厚厚积雪，“父亲夏城勋之墓”几个大字，豁然映入眼帘。她叹了口气，将花束放在地上。

十年前，她父亲生意破产，被追债人逼得走投无路，跳下高楼自杀身亡。事后，调查案件的警员说她父亲牵扯进一场商业诈骗，若是不死，将会面临巨额赔偿。入殓师整理遗体之后，将一枚小巧的婚戒放在她手中。人体从高楼坠落，会发出水袋爆炸般的声响，骨头都摔得粉碎。可那枚戒指却被牢牢地抓在手中。

那是妈妈唯一的遗物，如今也是父亲的遗物。

夏光将它重新放在父亲手中，看着黄土逐渐覆盖黑色棺木。

打她出生，父母从未管过她，他们死后还留了一屁股债务。

“爸爸，在那边和妈妈过得好吗？一定可以像当初一样轻松地找到她吧。真羡慕。”夏光喃喃道，“有个男孩向我求婚，可我连喜不喜欢他都不确定。人心，果然是最叵测的。”

“喂，那边的，天黑了赶紧回家。”

忽然，一道白光射来。

夏光拿手去挡，勉力看去。一个身着蓝色工作服的青年男子晃着手电筒，态度粗鲁。

“我在上坟。”

“靠，大晚上的有病啊。”男子见是一相貌较好、文静秀气的女孩子，不由得有些生气。他在家游手好闲，刚刚得了这份守墓人的工作，可不想出岔子。

“鬼都是晚上出来，白天来有用吗？”夏光歪了歪脑袋，“每次晚上来，都能感觉爸爸在身边。”

“小姐，请你不要妨碍我的工作。”青年男子崩溃地揉了揉脑袋。

从未遇见如此神经大条的女生，他竟有些怕了。

“如果真有鬼应该很有趣吧，我可以永远见到爸爸妈妈。当然，还有妖怪、外星人、史前巨兽，更有趣。”不知为何，面对陌生人，她憋在心中的想法竟如奔涌泉水。

“你到底走不走，赶紧走！”

夏光吐了吐舌头，没了说话的兴致，就着昏暗天光道：“爸爸，丢硬币好啦。正面是嫁，反面是不嫁。”

硬币在空中一闪，几个翻转，咣当一声掉在地上。夏光蹲下身子去看。

“没有正反，刚好立起来。你知道是什么意思吗？”夏光问。等了一会儿，见没声音，于是回头一看，空无一人。

不远处，男子逃跑，惨叫声不绝于耳。

从墓地出来，手机里躺着顾天的数十通未接电话，夏光犹豫，碰巧电量耗尽，少了挣扎的麻烦。她冲进超市，买了一大堆零食，准备回家狂吃舒缓身心。

路人稀少，几辆汽车飞驰而去。两侧低矮商铺早早打烊歇业，豆大灯光飘摇远方。不知何时，整条街只剩夏光和几个穿着花哨的社会青年。他们大笑着说着脏话，不断评论着夏光的衣着与身材。

冷汗顺着面颊滑下，夏光不由自主地加快步伐，佯装镇定，拿出手机。

“妞，你不是没电了吗？方才在超市老子都看见了。”社会青年发出粗俗笑声，眼中闪着兴奋光芒。

夏光回头，将手中一大袋零食丢了出去，撒腿狂奔。以前体育测试时，跑一百米、八百米经常拖后腿，现在更别提和几个身强力壮的男人比拼。

没多远，她就被堵在了巷子内。

“妞，哥哥很丑吗？”一剃着光头、戴着鼻环的男子喷了一口烟，然后一巴掌打上来，“再跑！还跑！打断你的腿。”

夏光眼冒金星，摔倒在地，摸了摸鼻子，竟流了血。

“嘿，老子整过那么多丫头，这时候还笑得出来的，你倒是头一个。”光头猛地踹在夏光胸口，“看你有胆，不让你做冤死鬼。以后记住了，不是你的东西就不要抢，不该得罪的人不要得罪。”

“你们是杜纯纯叫来的？”夏光吐了口血。胸口火辣辣的，她全身脱力，竟是再也站不起来。

“妈的，长得不错，脑子也好使，真是可惜了。”光头吐了口唾沫，邪笑着道，“花了脸也是可惜了。兄弟们，上！”

从光头身侧走出两个人死死地按住夏光，来解她的衣服。她奋力挣扎，脑袋在坚硬的水泥地上狠狠磕了几下，意识逐渐模糊。

却可以清晰地看见那些狞笑的脸与肮脏的手，她像一个破碎的玩偶，眼睛无神地看着天空。

漆黑深夜，从未有过的绝望。

忽然，嘈杂消失，夜色中响起空灵的铃铛声。

黑暗中，一个人不紧不慢地拾阶而来，周身有着淡淡白光。他手中攥着一把古朴黑刀，长衫绲边上绣着红艳明丽的雪梅，迎着风雪，分明只有十几岁的样子，眼中却有几分大彻大悟的空明澄净。

“臭小子，再看挖了你的眼，赶紧滚。”光头见有人来，不但不怕，反而叫嚣着上前一步，伸出长满黑毛的手，试图去抓白衣少年的衣襟。

少年手起刀落，神色淡定。

鲜血迸溅，光头踉跄着身形摔倒在地，抓起地上的断手，歇斯底里地尖叫后退。

随风而动，白色身影犹如鬼魅，悄无声息地出现在光头的身后，刀搁在他的脖子上，薄唇轻启：“她的命，是我的。”

这里离墓地不远，总让人想起魑魅魍魉的传说，况且白衣少年穿着古怪，一身行头更像古人。光头惨叫一声，两个跟班更是吓尿。

白衣少年蹲下身。

夏光缓缓转动脑袋，视线模糊。

雪越发大了，盖了满头。记忆被催生，朦胧清晰，她挣扎着抓住那人衣袖，一个名字穿越十年光阴，划过唇边：“苏曦止。”

白衣人握刀的手骤然一顿。夏光忍着全身痛楚，死死抓住他道：“苏曦止，你终于回来了。好……想你。”

苍空白雪，万里冰封。岁月深处，泛起涟漪。

等再次睁眼，夏光惊觉竟躺在顾天怀里。还是那条漆黑甬道，路灯暗淡闪烁。方才被当街暴打，外套撕成布条。如今回神，她不可抑制地发起抖来，死命搂住顾天的脖子，将头埋进他的胸膛。

顾天缓缓抚摸着夏光的后背，动作温柔至极，可手臂上突出的青筋却无疑显示，他正处在暴怒边缘。

过了好久，手脚恢复知觉，夏光摇头，勉强笑道：“我没事，就是踢得肋骨有些疼，额头磕破了。”

“以后一定要接我电话。”顾天心急道，“想你心情不好才一路找过来。若是出事，让我怎么办？”

夏光摇了摇头。

不远处停着辆黑色法拉利。车顶敞着，杜纯纯一脸不安地坐在副驾驶座上，噘着嘴。顾天顺着夏光的视线望去，解释道：“杜纯纯那大小姐很缠人，闹起来更脱不开身。我直接带她来了。”

“她一定特别不开心。”

“管她干什么，我已经仁至义尽了。”顾天不悦，小心翼翼地搀扶着夏光坐进车内，分开她头顶乱发，“一会儿我们去医院看看。”

夏光点了点头：“我想喝水。”

杜纯纯翻了个白眼，抱怨道：“娇气！”

顾天冷着脸，行了段路，将车停在道旁，进超市买水。市中心光影绚烂，喧闹繁华。只剩夏光和杜纯纯两个人，车内气氛冷到极点。

“装个娇气就以为自己赢了？”杜纯纯哼了声，“顾哥哥只想玩你罢了，才不会娶你呢。顾家的新娘都是从小培养的，一举一动，一行一止。他从未在别人面前提起过你。十几年没喜欢，突然就喜欢。难道你没脑子吗？不问问为什么？”

夏光看着窗外发呆，闻声转过头：“你找人毁我容，还找人打我？”

“血口喷人！我可不会用这种下三烂的方法。”杜纯纯大喊，“太看不起人了！自己吃亏就到处咬人，在顾哥哥面前尽瞎说。”

“我就是这么看不起你。”夏光笑嘻嘻，声线因愤怒忍不住颤抖，“你下次是不是想要我命啊？”

“没有证据！简直污蔑！我刚刚一直和顾哥哥在一起，怎么会有时间指使别人做这种事？况且你根本没怎么样吧。正常女孩子遭遇这种事，早号啕大哭，精神失常都有可能。你一副没事人的样子，绝对在撒谎！心思歹毒如此，有什么资格待在顾哥哥身边！”

“原来希望我精神失常啊。”夏光道，“知道吗？我十八岁就进过精神病院。疯子绝不会疯第二遍。”

“你……”杜纯纯面色一白，害怕地缩缩身子，厌恶又嫌弃。她一身名牌，画着甜美的韩式浓妆，可此时的表情却和甜美毫不相干。

“不过每次倒霉，好像都会有人救呢。”夏光见她如此，越发玩笑。

“救你？胡编乱造！这么恶心的扒女倒是第一次见。”杜纯纯连连道，“想惹人同情，只怕更恶心。”

夏光正欲说话，却见杜纯纯泫然欲泣，对着窗外喊：“顾哥哥，夏光现在心情不好可以理解，但她老怀疑是我干的。你告诉她嘛，纯纯很善良，方才你一直陪着我，绝对没时间干那种事情啊。人家好困，还要回家睡美容觉呢。”

顾天的手骤然一顿。杜家在顾氏集团占了大额股份，维持表面关系是一直坚持奉行的准则。可如今……转瞬，他又笑了：“纯纯若是不开心，先送你回家好了。”

杜纯纯听到那个先字，挑衅回望夏光一眼，优雅下了车。夏光此时不仅浑身都疼，还被气得喘不过气。她猛地打开车门，拽住了顾天一只手。

顾天递出一个询问的眼神。

“你以为……”杜纯纯轻蔑，猛地睁大了眼，剩下的话全部塞在了喉咙里。

夏光拽过顾天，按在车门旁，低头吻上去。顾天后背被撞到车上，微微蹙眉。见夏光整个人趴在他身上，双眼顿时睁得好大。

唇齿纠缠后，夏光挑衅道：“我抢了你男人，你又能怎样？”

顾天愣住，摸着嘴唇，若有所思。杜纯纯回神，气急败坏地跺脚。

方才夏光欺身而上的姿势太过霸气，仿佛顾天只是个有些半娘的小男生。可以想象，强势如斯竟被如此调戏，若是拍下来绝对会成为全公司的笑料：想不到您是这样的顾总。

“错了。夏小姐，这一直是你男人。”顾天眉眼弯弯，不甘示弱地揽住夏光的后腰。

“顾哥哥！”杜纯纯喊。

“纯纯你先走吧。”顾天道。

可杜纯纯的醋坛子翻得太彻底，撒娇着去晃顾天的一只胳膊。

顾天被磨得受不了，寒毛竖了一片。他神色复杂，拍拍夏光的肩膀，妥协了。夏光不忿，狠狠摔上车门。

顾天愣了半晌，才转过身，沉默地领着杜纯纯朝十字路口的拐角处行去。

杜纯纯沉下去的心又鲜活跳动了，她喜滋滋地拉住顾天的西服，不巧对上双深邃冰冷的眼睛。

温文尔雅的外壳缓缓剥落。杜纯纯打了个寒噤，退后一步，若无其事地笑道：“顾哥哥怎么啦？”

“顾家最忌讳窥探私生活。杜纯纯，你在干涉我的婚姻。”

杜纯纯睁大天真的眼，泪水越积越多，无法相信这个她付出无数青春的男人，就这样将她排除在生命之外。

“对错有什么关系？”顾天冷笑道，“我未婚妻讨厌你，滚远点。明天不用来上班了。”

“那种女孩有什么好？你知道杜家势力啊！”杜纯纯尖叫。这个男人是她最爱的，也是最怕的。笑起来暖风拂面，柳叶含春。冷起来寒冰万丈，大雪扬天。可就像罂粟，明知危险，偏坠深渊。可如今，她顾不得那么多了。

不过小女生的游戏。杜家对顾家重要，顾家又何尝不是？忘了本分也就忘了身份。顾天轻轻抬起杜纯纯的下巴，笑容薄凉：“别误会。我现在真的很想当她面做了你。可夏光那种女孩，只是一时意气，事后定会良心不安。我已经忍不住将你千刀万剐了。”

从未被人如此威胁。杜纯纯不由自主瘫倒在地，号啕大哭。

怨恨的种子悄然埋下。

从医院回来已是深夜。

方才一时冲动，接下来三个小时，夏光懊恼到简直无法和顾天正常交流。她居然亲了最好的朋友，和玩弄感情的人渣有何区别？打开客厅的灯，她回避顾天炽热的眼神，连推带搡关上门。

顾天伸手卡住门框，看表，笑道：“十二点了。”

滴滴答答，新的一天在黑暗中悄然降临，三天期限已到。夏光怔住，心中仿佛有了答案，她挣扎了下，挫败投降了：“顾天，我其实……”

“嘘！”顾天将手放在唇上。

走廊里的灯骤然熄灭，朦胧的灰柔和了他的眉眼。仿佛第一次遇见抑或端详这个男人。他的眸子是分明通透的浅，却给人深邃漆黑的错觉。鼻梁高挺，下颚完美，只是嘴唇太过薄凉。他缓慢凑近，夏光不由得伸出手，顺着白皙饱满的额头向下滑动，如抚摸一件做工精细的艺术品。

无数玫瑰花瓣坠在唇畔。他笑容妖娆，目光悠长。

二人重心不稳摔倒在地。夏光倒吸口凉气，没有料想中的疼痛，顾天一只手护住她的后脑，另一只手揽住了她的腰。他将头埋在她的颈部蹭了蹭，深深吸了口气，低低叫了声，夏光。

不是往常嘲讽意味的夏小姐，而是带着点鼻音的夏光。所有话语在这个略显心碎的姿势中，全部不堪一击。微笑的面具后，不仅有残忍，更有脆弱。

“你是喜欢我的。”顾天固执地道，显出罕见的孩子气。

他领口大开，精致锁骨有着珠玉光泽，一个黑色飞鸟文身神秘动感。能把杜纯纯那种阅男无数的女孩迷到团团转，靠人格魅力远远不够。也许相识太久，抑或太没心没肺，夏光似乎从未注意顾天的长相，印象中只有“苏曦止弟弟”五个字。此刻看着这完美的躯体，她的心猛地一颤。脑子乱成一团，一个声音拼命喊着：拒绝！快拒绝啊！

忍不住被吸引，被牵着鼻子走，仿佛一点点拖入地狱，丝毫没有反抗机会。

“夏光，我今天真的很生气。我会让所有伤害你的人，付出代价。”他小心翼翼地抚摸着她额上的伤口，一字一句道。

夏光打了个寒噤，抓住顾天的手，强笑道：“不痛的，我一点都不痛的。”

“可我疼。”顾天冷冷推开她。

窗外霓虹彩灯繁华无限。夏光怔住，许久，才从冰箱中拿出两听饮料和一碟蛋糕。顾天没接，径直走上阳台。气氛尴尬，夏光只得掰过他的脸，笑嘻嘻撒娇道：“顾哥哥，就这样生气了？”

“这样闹情绪，怪不得苏曦止以前说你可爱，我还不信呢。”说罢，夏光自知失言，心道，顾天该不会把她从阳台丢出去吧。

“不管什么事，你都会先想到他。选座位是，生日礼物是，就连每天打招呼也是。所有人都说，必须像他一样，可我终究不是他。世界那么残忍，夏光，你也一样。为什么？我是那么那么那么喜欢你啊。”顾天忽然低声道，不知说给谁听。

强烈的负罪感排山倒海席卷而来。夏光从未如此无力。前路漫漫，无法给他一个答案，更无法给自己一个答案。

“我害怕。”夏光忐忑不安地说了实话。

“一个月的时间，我给你答案。”

试衣镜前，一排排洁白华丽的婚纱整齐摆放。明亮灯光下，蕾丝飞扬水钻生辉，华丽浪漫的明黄装修配上古典音乐，空气中浮动着一股玫瑰暗香。

修身露肩的长款婚纱，衬得肌肤盛雪。杨晓在旁热烈地鼓掌："真漂亮！这件事干得更漂亮！"

"是啊。祝贺我拐到总裁顾天，走上人生巅峰。"夏光吐了吐舌头。

"喂，能不说风凉话吗？那将来可是你老公。"杨晓道，随即捂着肚子笑倒，"哎哟，没看见杜纯纯这几天的表情，被顾天开了还坚持上班，坐在大厅里想闹不敢闹的样子简直便秘。以前顾天左右逢源，如今恨不得把结婚写脸上。夏光，深藏不露啊。"

夏光默默闭上眼睛。那晚，顾天并没有改变计划，而是执意娶她。

"一个月，我会让你成为世界上最幸福的新娘。在教堂中，对着所有人接受或拒绝。"夜风中他的眼似灯火飘摇。终究，男人太过强势孤傲，无法忍受喜欢的东西不属于自己。

幸福，是泡沫，一碰即碎。

夏光裙裾飞扬，在试衣镜前转了一圈："婚纱都蛮好看，不能全部穿上？"

一旁拿衣服的服务员面露难色。

杨晓啧了下："全部套上边走边脱，很符合你风格。话说，你想要到哪里去度蜜月啊？"

"秘鲁的的喀喀湖。"

"哇，听说那里风景超级美。"杨晓拖长声音道，

“好羡慕哦……”

夏光翻了个大白眼，却听身后传来零星掌声。

顾天眉眼带笑，左手擎着一精致小巧的盒子，紫色丝带蜿蜒典雅，右手捧着一大束鲜花。黑色风衣犹带零星雪花，一进屋，全融成了水。

杨晓狗腿凑近，拉过一张椅子道：“顾总，坐车累了吧，累了帮你捶捶。”

“加班把那张表和策划案赶出来，我自然有时间休息。”

“卧槽，资本家无耻，夏光一定要替我做主。”

“上班时间逛街试衣服，连续三天让老板掏腰包请吃饭。工资不用发了。”夏光学着顾天的口吻道。

“重色轻友。”杨晓捂脸，被顾天递出一个你太多余的表情，不屑地走了出去。

夏光罕见不知说什么好，低头抚弄蕾丝裙摆。而顾天恰恰相反，平静深邃的浅眸里，波澜四起，似乎有什么浓烈感情即将翻涌而出。他熟稔地编了只草环，动作飞快，表情专注，修长手指仿佛拥有魔法。

货真价实的狗尾巴草，夏光将它放在灯光下囧了。太不符常理，以顾天的风格，不该挥手一捧人民币砸死小老百姓吗？

“顾哥哥，你到底学了多少言情剧，荼毒如此之深。这东西比鸽子蛋戒指吓人多了。”夏光嘲笑，可忽然间她顿住了，原来，他还记得。

时间回到了更加遥远的过去。一捧捧黄土覆盖父亲的棺木，哗哗大雨阻断一切。哀伤与痛苦汇聚成道道水线，猛烈砸向大地。大人们穿着厚厚黑衣，挨个献花。

幼年的夏光站在人群之中，全身冰凉。她无处可去，挨着墓碑静静地坐着。天气稍霁，她注意到了那个孩子。原本漂亮通透的眸子哭得红肿，白皙的手臂上是一道道血色鞭痕。

“别伤心，人死不一定消失，他们会一直和我们在一起。”夏光忍不住拍了拍他的肩膀安慰。

孩子抬头，浅色眸子带着朦胧水色：“我害怕！我害怕！爷爷，不要再逼我了！爷爷，我保护不了哥哥。什么都干不好。我该死！我该死！”

孩子和她年龄相仿，眼底的绝望却如此震撼人心，特别是听到诡异的死字后。十二岁的夏光怔住了，小孩多半依着本能行动，很自然地，她将顾天抱在怀里，瓮声瓮气道：“不怕！伤口很痛吗？吹吹就不痛了。

“你走！不要装好人！”

夏光身上溅满泥点，顿时火了，可还没怎么动手，还是孩子的顾天旋即捂着脸，抽抽搭搭道：“你还是恨我吧。你没有家了，我和你一起流浪。”

父亲生前她只见过寥寥数面，对死亡的概念又异常模糊。看顾天这副样子，夏光被逗笑：“好啊！好啊！我们永远在一起。”

顾天点头。

雨过天晴，河岸微风徐徐，远处几只野鸭嬉戏打闹。

夏光一头躺在青草地上，微风拂动，落在耳畔软软的。半晌，她抓起根狗尾巴草，飞快地做了只指环，得意扬扬道："我们来玩结婚游戏吧。"

顾天愣住。夏光有些不耐烦："你是新郎，这样挽着我走到那边。"

"可我不是自己的，是哥哥的。"顾天抿着嘴唇，童音清脆，"爷爷说血誓之盟，倾其所有。暗影邪生，必佑天阳。"

这些奇谈怪论绝非出自孩子之口，夏光噘嘴："不玩了还不行吗？"

不等顾天有反应，身后响起重重的咳嗽声。一神情庄重的老人拄着拐杖，被黑衣人簇拥着站在不远处。顾天一缩，怯怯叫了声爷爷。顾城看了夏光一眼，冷冷道："你知道她是谁？"

顾天犹豫着点点头。

顾城气极，胡子上下抖动："他现在的人生和地位由着这妇人之仁、软弱无能的性格，迟早要了他的命。"

顾父顾准犹如一上了发条的假人，连连应是。

大人们的行止太过严肃，夏光好奇想问，顾天却摇头，在袖子里死死抓住她的手。

多年后，夏光才明白这一简单场景包含了多少心酸。顾家因许多不为人知的秘密与目的，将唯一独子顾天培养成冷血薄情的守护者，而她父亲则是这场游戏可悲渺小的牺牲品。在顾家眼里，夏城勋只是将顾天教育成冷血守护者过程中的一只无关紧要的小白鼠。可对于顾天，这条人命足以摧毁所有幻想与期许。

夏城勋站在高楼上像根瘦高火柴，探头看了看下方，一个翻转摔作两半。

顾天害怕地捂住双眼，但爷爷顾城却死死按住他。

“生命凋亡与新生是最震撼的，这世上充满贪欲，既然杀了人，就要学会直面这些痛苦。这是我们家族的宿命。”

人性之初的忏悔，瞬间击垮了眉眼单纯的孩子。顾天哭喊着试图得到原谅。我杀你的父亲，夺走了一切，那么，就由我来照顾你一生。

滔天恨意，在不远的将来随真相喷涌而出，只因这笨拙的善意，只因这不被祝福却深埋心底的誓言。

恍然记起曾经有多希望顾天麻木的表情能多丝鲜活。夏光望着那枚草环，眼睛不由得湿润了。

白纱飞扬，她改变了主意，踮起脚，投进顾天的怀抱：“顾哥哥，不用等上教堂，我现在就答应你。”

Yu Shenming De Chulian

Chapter 3/一瞬风华

长风夹杂暴雪降临。苍穹层云密布，犹如块巨大青玉笼罩整座城市。一个衣衫单薄的白衣人站在高楼顶端，俯视下方滚滚车流与瑟缩人群。睫毛纤长，眼中山迢水色朦胧了一片风雪。古剑上铃铛空灵作响，风动影动，他脚点栏杆，跳了下去。

一辆满载的货车骤然失控，人群四散奔逃。身着蓝色羽绒服的小女孩，牵着小狗，站在路的正中央。狗狗只有两个月，却是只体型较大的金毛。它蹒跚着步伐，趴在地上不肯走。女孩似乎下了决心，艰难地抱起幼犬。

人群捂嘴惊呼。

电闪雷鸣，货车侧翻，一连撞向三辆小轿车后，侧滑吞没了女孩的身影。

当司机满头是血推开车门时，现场早乱作一团，几人涌上前扒开掉落成堆的货物，惊喜地叫了声，将怀抱小狗的女孩捞了出来。

“孩子你运气真好。”一中年妇女大声感叹。可女孩没任何反应。

一旁的人群担忧地打了急救电话。

稍过片刻，护士抬了担架，进行简单的全身检查后，医生道：“只是受了惊吓。”

众人长长松了口气，孩子的妈妈扒开人群，抱着女孩号啕大哭。

忽然玩偶般麻木的女孩眼中闪过一丝光，挣脱众人，对着天空大喊起来：“哥哥，好帅！哥哥，谢谢你。”

数百米外苏曦止侧头回望，眼底闪过丝笑意，落在大厦顶层。皑皑白雪盖满天台，青天寂静，喧嚣沉淀。

一个戴着破布衫帽的妇人，佝偻着身子，捧出镜子，缓步从阴影中走了出来。她面容极老，甚至比顾天的爷爷顾城还憔悴三分，可声音却清脆悦耳，脆生生地叫道：“你来了。”

苏曦止点了点头：“开始吧。”

镜子装满流动液体，缓缓溢出，逐渐化作一人形。它没有眼睛，巨大的嘴一张一合，发出令人毛骨悚然的咔嚓声。妇人的双手随着黑影的成型，越发颤抖。

“苏曦止，你还是爱干多余的事。”黑影笑道。

“杀人不多余？”苏曦止抬眸，面容极其清俊，即使是人群中鹤立鸡群的顾天，相较之下也略微逊色了三分，他淡淡的声线犹如密林中响起悠扬天籁，“人类进化数百万年，身体对称完美。杀生意味着破坏秩序，逆行宇宙铁则。十年前你给我的死亡鉴定书上写着救人被撞身亡。我只是看些昔日影子罢了。”

“陈年旧事不必太追究。终不过痛苦。你已得到神的宽恕。”黑影眯了眯眼，看向剑上挂链，“丢了吧。做完你该做的，神会敞开怀抱，孩子，你再不是孤单一人。”

“你们要从那女孩身上得到什么？”苏曦止忽然问。

“曦止，只要给它们想要的，我们就能自由了啊。别激怒他。上次雪夜差点成功对不对！你快告诉他，告诉他啊。”衰老的妇人眼看气氛不对，两行清泪流了下来，“我受不了，被这东西附上，用不了多久就会老死，我还只有十八岁啊。”

“以你的实力只是差点成功？”黑影道，“苏曦止，那个夏光和你素昧平生，劝你不要耍什么花样。难道忍心唯一的守护者死于非命？一个月前她有多美，你应该知道。”

抹掉记忆的苏曦止完美强大，可不按套路出牌的性格和对过去的执着，让他变成只脱缰野马。真不是个好傀儡。黑影抬了抬手，妇人瞬间跪倒在地，压抑痛苦的尖叫溢出喉咙。被黑气掌控，仿佛吸干汁水的果实，逐渐干瘪下去。

尖刀插过，黑影直直钉在墙上。苏曦止原本通透的眸子锐利如刀，一只脚踩上黑影胸口，一抹挑衅的笑容出现在唇畔，他拉近身子：“我不喜欢太弱小的对手，更讨厌被威胁。”

黑影震怒，不敢相信地大声咆哮：“你……你在渎神。”

妇人已忘了自己的安危，抱住苏曦止的双脚哭道：“曦止，我错了，一点都不痛，你快给它道歉啊！神、神是不能被亵渎的。”

苏曦止冷冷哼了声，伸出一只手：“三天，三天给你想要的。”

深寒浓重，A市遭遇大规模强对流天气，积满厚雪的道路撒着盐，车辆行驶异常缓慢。夏光看看窗外，婚车被堵在桥口，长长一串动弹不得。

杨晓哼着歌，从上学时的眼保健操一直跑调到《青藏高原》。等了半小时，司机小刘只得下车勘探路况。

杨晓撇撇嘴道：“可见顾天娶你太急，老天都让他多等会儿。”

“别瞎说，大概车祸了。”

“谁想结婚还撞着死人啊。”杨晓道，“说你思维正常，我还真不信！”

“哪个伴娘又比自己嫁出去还高兴？”

杨晓不理，那股子认真劲和当年拍桌子上考场别无二致，她目光炯炯，顺势紧握夏光的手：“答应我，一定要幸福。”

十年友谊，不咸不淡。不知不觉，她们已成为最重要的彼此。眼睛不觉有些模糊，夏光感激点点头：“谢谢你。”

“少恶心人。”杨晓大笑。

这时司机小刘一路小跑，拍了拍身上的雪，咕哝了句“晦气”。

杨晓忙凑近，小刘抱怨道：“有人在大冬天的桥上直播自杀，警察喊话都没用。”

“那绕道好了。”杨晓不高兴。

小刘应了声，拿出手机联系车队。

寒风夹杂雪花袭来，夏光打开车门丢进个雪球。杨晓惊叫。夏光连拉带拽：“走，我们救人！”

抱胸脚冷，抱腿胳膊冷，杨晓一把抢过羽绒服，抱怨道：“救人，你一句话还能让别人不死？真是志向远大啊。要不死，早不死了！”

“那我们让他明天再死。”夏光笑嘻嘻道。

人群摩肩接踵。

夏光走近才发现，这里远比想象的混乱，警察拿着大扩音器维持秩序，几个海绵垫铺在大路中央。

一人站在大桥伸出的绳索上，摇摇晃晃。寒风呼啸，可那衣着单薄的白衣人浑然不觉，似乎不停地在人群中搜索什么。终于，他看见了夏光。

临走之前，守护者晏生百般阻挠苏曦止，苍老脸颊满是泪水。一旦在大街上抽刀，明目张胆地劈向夏光，他们在地球的日子也就到头了。可纵然阴谋再好也全然无用，他，苏曦止，绝不会用那样卑鄙的手段重伤那样一个女孩。

数不清有多少个夜晚，他经历那般普通而深沉的绝望。一点点打击他，粉碎他。放学路上一个个孩子飞跑回家，公交车上男女打着电话调情，巨大梧桐树下老人搬着板凳对弈象棋，将军后苍老皱纹如橘皮笑开。他若无其事地走过他们，每个人都因那美貌而惊艳。在他们眼中，苏曦止一闪而过的脸庞更像场美妙幻觉。心中升起丝虚荣，他也刻意去展现比阳光更耀眼夺目的微笑。可当夜幕降临，周围亮起无数盏灯时，他才恍然发现，自己是没有归宿的，任何人都不会陪伴，光鲜外表下隐藏着的残缺灵魂，甚至比浑身伤疤满脸污浊的人还丑陋不堪。

记忆空白。没有年龄没有背景没有家乡，仿佛一个暗影行走世间。想要亲近人类，却背负着看不见的枷锁。心慢慢麻木，死在了干枯沙漠中央，甚至很多时候懒得再勾起嘴角讨好自己。

谁也不知道在那寒冷的夜晚，他静静站在雪地里，犹豫了多少次。那双眼仿佛看着他，又似隔着遥远的光阴看向心底。熟悉又陌生，空洞又情意绵绵，她说："苏曦止，你终于回来了，好……想你。"

握刀的手被汗液浸湿，雪花落满肩头。衣襟一点梅花红艳夺目，仿佛一个虚影，飞入林间。苏曦止犹如只灵巧鹰隼，微微下移身子，做出个俯冲动作。接下来一秒，必须赢。

这是她的绝境，亦是他的绝境。

“夏光……”杨晓不确定地叫了声，抬头望着绳索上方的人影，整个心房骤然鼓噪起来。整整十年，但就有那么些人，在人群中太过显眼，连时光都辜负。

夏光穿着白色婚纱裙，风吹起她的长发，额上水晶编珠的头冠掉下来，叮咚作响。这一刻，谁都不知道她在想什么，可下一秒，连站在绳索上的苏曦止都怔住了。夏光扒开人群，动作利索地撕碎婚纱下摆，打了个死结，牢牢抓住粗大黑色绳索。

几个警察忙凑到下方扯夏光的裙子：“姑娘，你这是做什么！快下来！添什么乱啊？？”

可夏光动作太快，双手磨出血泡。雪花迷住眼睛，她艰难地、一点点地靠近。此刻的苏曦止犹如座冰雕，一动不动。

终于，她攀上了他所在的绳索，风太大，粗粗钢链承受不住两个人的重量，夏光的身体犹如风中翻飞的纸片。

会掉下去！

“夏光！不要命了！”杨晓大喊，拼命挥手。

夏光死死盯住苏曦止。

苏曦止看了看杨晓，又看了看夏光，眼底闪过丝困惑。他正欲说话，却被夏光不客气地打断：“你个浑蛋！骗子！我恨你！讨厌你！超级讨厌你！”

无头无尾，莫名其妙，苏曦止蹙了眉，更加疑惑地望着她。

“我说，我很讨厌你。”夏光一字一顿道，“你听不懂吗？”

"你哭了。"

"我伤心和你有什么关系！我爬这么高，就是为了告诉你我讨厌你！超级讨厌你！"夏光大哭，"如果非要还有其他，那只能是特别讨厌！非常讨厌！"

"那我没什么心理负担了。说实话，这样做很不明智。"苏曦止用一只手抓住夏光的胳膊。

"你敢放手？"

"不敢。"苏曦止眼底闪过丝嘲讽，犹如在舞池中举起女士纤手的绅士。脚尖发力，纵身一跃，栽进寒冬彻骨的冰水里。

众人尖叫。

大河滔滔，辽阔江面只剩余音袅袅。

身体疯狂下坠，心顺着喉咙钻出身体。人群喧嚣，整个桥面都沸腾了。所有人，看不见的看得见的全部趴在栏杆上。

夏光甚至还没来得及压抑住与苏曦止刚刚见面的激动，冰冷河水就侵入细胞。仿佛无数针刺，疼痛麻木窒息，分不清火烧还是冰寒。她挣扎着将头伸出水面，只深吸一口，就被拽着沉入水底。

一米，两米，三米。肺部气体由于水压的关系，通通逃逸而出。那一瞬间，身体所有潜能都被激发出来。夏光面容痛苦扭曲，她试图挣脱掌控，但身体每一寸似吊着巨大铁球，竟浮不起一分。

她低头，苏曦止白皙俊美的面颊犹如水中荷瓣，眸子深处不再是水墨晕染的明澈，而是闪烁着一股诡异幽蓝，危险致命。他的手死死抓住她的脚踝，腰侧的刀划开夏光的胳膊和后颈，血液浸入冰水，丝丝环绕，聚而不散。

凡世吵闹的流行乐和街边小贩的吆喝声下，诡异而奇幻的事情正在悄然发生。血线犹如有生命的小虫蠕动，进入苏曦止手心的小瓶中。

黑白混淆，星星吞没太阳，无边的大水撕裂天空，冰原之上是隆隆的毁灭之声。夏光的意识逐渐模糊，眼前幻觉不断，生命只剩一两分钟。她奋力睁开眼睛，却只能看见模糊影子。那个满是落霞的傍晚，教室中只剩他们，她将头从习题之中抬起，耳畔响起的那声清晰的“我喜欢你”，正穿过厚厚的水体，向她袭来，排山倒海。人总会在坚定不移中，无意识为自己寻找开脱与安慰。

从未如此绝望的接近死亡，夏光使出最后的力气，只是这次，她不再想逃跑，掉过头潜入水的更深处，紧紧地、不顾一切地抱住苏曦止！

裂石惊天！

在寒冷漆黑的水中，两个身影重合在一起，迸发出无与伦比的光芒。情感似乎有种奇妙的魔力，错误的时间，错误的亢奋，错误的选择，再错误的无怨无悔。

纵然清清楚楚地明白没有任何理由去爱这个寥寥数面的女孩。迟疑后还是会再次被迫动手，等待他的全是无尽的纠缠与痛苦。可那股奋不顾身的情感却彻底点燃了他。

活着。燃烧。

苏曦止看得见夏光嘴唇的翕动，却听不见任何声音。

近乎惊恐的神情浮现在他的脸上。在这安静水下，那情绪太过明显，纵使有人拿着滚烫铁水浇来，他也不会如此失态。而后发生的事似乎更绝望，那些精心收集的血线，随情绪波动，骤然断了。心机白费，前功尽弃。

该死！

苏曦止咒骂一句，死死抓住夏光的胳膊，懊恼又暴躁地喊："醒醒。快醒醒！"

夏光看了苏曦止一眼，昏了过去。很多年后，想起这一瞬间，拥抱不仅改变了夏光，更改变了苏曦止。相互平行的线条在此交汇，隔着数万光年，缠绕不休。

命运之轮，缓缓旋转着。

教堂花团锦簇，摆满红艳玫瑰。阳光顺着五彩斑斓的琉璃窗射进来，梦幻唯美。可如今一切寂静无声。花瓣像无数尖利玻璃刺入心胸，顾天站在昏暗的教堂内，手中拿着花束，死死地盯住紧闭的大门，似乎等待着奇迹发生。

终于，门"砰"的一声打开，一个女孩急急忙忙跑进来，栗色波浪鬈发遮住小半边得意的脸。她甜腻地叫了声"顾哥哥"。

满是失落的眼瞬间被点亮了，仿佛流星划过天空，可看清来人后，他犹如头巡视领地的狮子，整张脸都阴沉下来。

"顾哥哥，站这里不冷吗？他们都走了呢！"杜纯纯轻摇着他的臂膀，提高音量，"夏光就不是什么好人。逃婚，真是不识抬举。顾哥哥，我们不要理她。走，我爸开了车来，到我家坐坐吧。”

她打好了小算盘，在顾天怒火最盛的时候煽风，即使不能回心转意，也能让他和夏光一刀两断。

人真是种矛盾的生物。得不到总是最好，舍弃的定要悲伤。这世上能找到一个喜欢的人，是件多么令人羡慕的事，可偏偏换不来你情我愿。这几天顾天的笑容是杜纯纯从未见过的，那么愉快，那么幸福。嫉妒丝丝汇聚心口。原来不是天生薄凉，而是根本没把她放在心上。

顾天冷冷望着她，对于骄傲狮子，任何怜悯与安慰都是种伤害。他反应激烈，一把推开她，大吼：“你给我滚！”

“顾哥哥，你再等也等不到。她不喜欢你，我们也不喜欢她了，岂不很好？”杜纯纯眼泪如断了线的珠子，“你怎么能这般对我，我是喜欢你的啊。”

“我的话不说第二遍。”顾天冷笑，转身离开。

杜纯纯看着顾天的背影，手中照片晃了晃——苏曦止的目光隔着芸芸众生看向夏光。她轻笑一声，一歪头：“顾哥哥，你比想象的还要惨呢。”

最后，你一定是我的。

零下15℃，大雪在封冻河面上肆虐，一分钟，两分钟，打捞船队漫无目的逡巡搜索。杨晓焦急地望着脚下滔滔江水，陷入了某种绝望境地。看热闹的人渐渐散去，大桥被镀上层斑驳的白，司机小刘趴在栏杆上，小声说出了最坏的情况：“这么久了人都成冰棍了，还怎么活？”

“闭上你个乌鸦嘴。”杨晓骂道。

“杨姐，难道不对吗？夏光是孤女身世坎坷。我们农村流行这么个说法，人不能太走运，太走运要倒大霉，你瞧，她被我们老板看中可不是了？”小刘两手一摊，“老板人又帅又有钱，真是多少年修来的福分。”

“狗嘴里吐不出象牙，终于知道为什么你混了这么久还只是个开车的！”杨晓眼圈陡然红了，也不称顾天顾总，咬着牙道，“照我看，顾天遇见夏光才是他八百年修来的福分！你什么都不知道，别乱说。”

视线移向角落内那抹身影，顾天斜靠在冰冷立柱旁，手中的烟头随着动作忽明忽灭。方才他火急火燎地赶来，恨不得调来A市所有能调动的资源去救夏光。可随着时间推移，他的情绪越发不稳定，易怒、狂躁、颓丧，嘴角那抹笑意已随着凛冬的降临消失无影。他冰冷视线看过来时，杨晓深深地打了个寒噤。

想起很久以前，第一次和顾天打交道。刚刚上完体育课，她踏着铃声进教室，急急忙忙间撞掉了一个文具盒，橡皮尺子落了一地。沙沙作响的钢笔骤然停住，顾天抬头，阴沉沉地看着她。杨晓忙去捡，嘴里说着对不起，可顾天看也不看，径直将文具盒丢进教室后的垃圾桶。

他只肯买夏光的账，其他人都被偏执地认作敌人。不管是微笑抑或发怒，顾天总能看见一张张虚伪做作的脸。如今，黑暗偏执的少年似乎又回来了。

“顾总休息下吧，我在这里看着。”杨晓鼓起勇气。在别人公司打工久了，同学那层关系早被消磨尽，她不禁有些气短，特别在顾天心情不好时，连玩笑都不敢再开。

“对于她来讲，我是什么？”顾天丢掉烟头，将头埋进手心。

“当然是最爱的人啊。”杨晓一愣，咧出个大大的笑容，有些夸张，有些假。

顾天的浅色眸子渗不出一点光。他看了杨晓一眼，转头盯住辽阔江面上的一点白帆。

气氛莫名尴尬，杨晓脸上的笑容维持不住。

顾天嘲讽地哼了声。空气中若有似无地飘荡着一句话：“也不比一个陌生人强多少。”

不是这样啊，不是啊，夏光不是那种人。杨晓想，可所有话语都凝噎住了。对于顾天这种敏感而缺乏安全感的人而言，任何细节都会被无限扩大。

一场暴风雨正在酝酿。

遥远冰面传来阵欢呼，几个穿着黑衣的潜水员艰难浮出水面。杨晓从沉思中抽离，拉着小刘，开车疾驰而去。

河岸浅滩处，夏光被拉上岸，浑身湿漉，原本蓬起的婚纱贴着身体。救护车等在一旁，众人七手八脚，乱作一团。杨晓隔着人群蹦来蹦去，有些心浮气躁，没凑近就听一个人大喊：“还活着！有脉搏！有呼吸！”

悬着的心恢复平稳，杨晓激动得满脸通红，抓住一搜救队员，关心起琐事：“只有她一个？不是还有一个人吗？”

中年男子努努嘴，杨晓忙去看，夏光身侧还躺着一个少年，他们的手牢牢握住。医护人员费了很大气力，才将少年弄到另一个担架上，不同夏光冻得青紫的皮肤，他脸上似有光泽。

“没事的话，快些把他抬走吧。”杨晓急道。

“杨姐，这事他们可做不了主，肯定会被统一送去医院，而且说不定还要和顾总打招呼。”司机小刘声音刺耳。

“你懂什么！”杨晓气急败坏，转头抓住搜救队员的手，“大哥算我求你了，这人不能出现在这里。你体谅下，这点小心意拿着吧。”

中年男子推三阻四，二人正僵持不下时，顾天急切的声音传至耳畔。他扒开众人，一把扑过去。医生忙喊家属让开，可顾天固执又强势：“我要和她一起。”

寒风侵入骨髓，杨晓血液里浸满冰碴儿。她下意识地挡在白衣少年前，可这只是欲盖弥彰，一会儿两副担架将并排放进救护车，顾天的注意力哪怕抽离一丝，就能注意到这个少年。

只是时间问题。

顾天站直身子。杨晓再也顾不得那么多，她结结巴巴道：“顾总，我有话说。”

“不听。”顾天简洁干脆。

“这话一定要说的。”杨晓豁出去深吸口气。就算数据文件堆积如山，顾天思维敏捷能帮她渡过难关，她也实在不喜欢和他打交道。那种被看穿的感觉简直如芒在背，大脑空白，天知道要说什么。

夏光的担架已上车，抬着苏曦止的医护人员正好从顾天身后经过。杨晓死命摇摇头，振作精神，前言不搭后语道："其实我喜欢你！"

就算第一次见面，也没被顾天从头到脚打量过。杨晓心虚得厉害。

半晌，顾天心领神会，冷笑起来："我看你不是喜欢我，是想辞职。什么意思，觉得夏光醒不来了吗？"

没想到会被如此理解，关系全乱了。居然演变成了女子昏迷不醒，闺密横刀夺爱的狗血剧。豆大的汗水从脸上鬓间滚落，杨晓张口不是，不张口也不是。她一拍脑袋，急中生智道："对啊，我就想这么干。"

顾天一把抓住杨晓的衣服，那双浅色眸子无限扩大，一抹邪媚的笑容出现在嘴角，他慢悠悠道："你不说实话对吗？"

那声音那眼神！简直是严刑逼供。杨晓大义凛然，心中小人拼命重复着"实话"二字，可双脚双手就是抑制不住地发抖，真是破绽百出。

"我就是喜欢你。"

顾天被气笑，绕到了后面。杨晓眼前一黑，一不做二不休道："好，我承认。"

顾天果然回头。杨晓一把抱住顾天的长腿，哭道："我不对，我坦白，全部坦白！夏光的婚纱是我强迫她给我穿的，结果刚刚走时把腰撑破了。顾总！对不起！对不起！我破坏了你们的婚礼。可一百万真的赔不起啊，你放过我吧！别扣我工资！别开除啊！"

“小刘，我们先坐车去医院。”顾天挣脱杨晓道。

“顾总，你不检查下吗？”杨晓又扯住他的衣袖。搜救船上皮肤黝黑的搜救队员，全部露出一口白白的牙齿。

“我迟早知道你葫芦里卖的什么药。”顾天眼神锐利，抖了下扯得变形的西服。

小刘满脸佩服地给杨晓竖了个大拇指，屁颠屁颠地打开车门。

杨晓手指深深陷进发丝，双眼无神苦笑：“还是瞒不住啊。”

到了医院，顾天遥遥靠在道旁看手机。杨晓直接举起双手投降。

“说重点，为什么不让我上救护车？”顾天语气很差，虽和杨晓说话，目光却一刻不停跟着夏光。忽然感应到什么，顾天探了探身。一张熟悉的，活在岁月深处的脸紧随着第一张担架出现了。

顾天的身体猛地一震，淡漠深邃的双眸中仿佛刮起阵飓风，混乱纷繁竟看不清情绪。或许是刻意压抑，他很快恢复了镇定，但手依旧在抖。

杨晓拉了拉他的衣角，试探地叫了声：“顾总。”

四周医生嚷嚷着。顾天一语不发地站在大厅中央，眼神失落得像个孩子。

“夏光不是故意的。大概因为这个人和苏曦止太像。她才好奇去看，谁知道会出现这种情况！十年一点不变？越像就越不像啊！说不定是哪个学校高中生压力太大想不开。”杨晓道，可他们似乎已经处在了不同的时空。

顾天两眼看着医院走廊尽头的光芒。

哥哥，不，苏曦止。十年了，好久不见。

夏光睁开双眼，身上盖着很厚的白被子，头发披散在枕头上。时钟滴答作响，仿佛又回到十年前，记忆幻觉般浮现。她愣神好久，才逐渐记起自己已经成年上班。不知从何时起，虽然站在耀眼繁华的二十多岁上，四周朋友毕业上班有孩子，和着时光的呼啸声滚滚向前，而自己，犹如虚空飘荡的孤魂，千年万年，止步不前。

原来早被丢在了那个光怪陆离的世界。如今活着的，不过行尸走肉罢了。

杜纯纯穿着十厘米的红色松糕鞋，外套复古黑色风衣，短裙丝袜，时尚火辣。纤长手指抓住窗帘猛地一扯，房间顿时一片敞亮。夏光万万没想到守着她醒来的竟是杜纯纯，猛地坐起身子，半晌，不自在地道：“不记得我们关系有这么好。”

没了旁人，杜纯纯对她的恶意毫不掩饰，将一沓报纸摔在夏光面前。

金融版头条全是“顾氏”灰姑娘逃婚的大幅报道。民众对这些捕风捉影的豪门秘史最为好奇，低调的顾家顿时成了众矢之的，或恶毒或鄙夷的猜测填塞满目。

夏光眼前一黑，天啊，她根本没有逃婚啊。

“还不算完。”杜纯纯笑嘻嘻地飞快按着手机，调出一个网页。苏曦止俊美侧颜很是抢镜，而标题更是抢眼：

十年兄弟之争，败给陌生人？

写这篇报道的人显然知道顾家有个出车祸死亡的哥哥，但内容却捕风捉影荒唐至极。无法想象到底是谁有这样的胆子与闲心去触碰顾家这尊大佛最敏感的神经。

“怎么样？很厉害吧？足够让你身败名裂。”杜纯纯得意。

夏光一脸不可置信：“你弄的？”

“我调查了很多资料，很多甚至可算是第一手资料。”杜纯纯道。这下就算顾天原谅，这么大顶绿帽子谁受得了。夏光，你出局了。

胸腔内似腾起熊熊火焰，排山倒海翻涌而出。夏光从床上站起，对着杜纯纯的脸猛地抽上去：“蠢货。”

“你竟敢打我！”杜纯纯捂脸尖叫，“顾哥哥昨天想娶你只是压力很大，如今就比登天还难了！顾家已经雷霆震怒。他们抛弃你了！你有什么资格打我？我让你生不如死！”

“像你这种人根本没资格喜欢别人。”夏光一把抓起杜纯纯的衣领。她简直不敢相信，自己拼命想要顾天幸福，而世上却有这样的一个人，打着爱的旗号，肆无忌惮地伤害他，“你只是喜欢你自己罢了！还是想想这么做的后果吧。”

苏曦止不仅是夏光的伤口，更是顾天的死穴。

苏曦止离开的第三天。学校放了月假，顾天在空旷黑暗的街道上漫无目的地游荡了一天，抱头蜷缩在公园长椅上，原本整洁的衣物满是灰尘。夏光找到他时，他正在梦中说着胡话，钱袋、手机和所有值钱的东西都被掏空了。以往骄傲被踏入尘埃，他脸上那种混合着悔恨与悲伤的表情，她至今无法忘记。脸上涌起的红光，像一团绝望的火焰，在渐渐熄灭的灰烬中暗淡下去。他也不像一个生命尚存的人，紧张无力踉跄而来，摇摇晃晃居然没有倒下。夏光甚至不忍心再抓着他问："苏曦止去了哪里？"

而他，一定是知道的。

生命中的痛苦，潜伏在一个个微笑的面庞背后。从那时起顾天变了。笑让他生动，也逐渐失了灵魂。

"你居然明目张胆地在所有人面前提苏曦止。我可怜你不是因为顾天永远不会喜欢你，而是你根本不懂什么是爱。"

杜纯纯两边脸高高肿起，想要趁机打开房门。夏光不动声色将门反锁。

"你要干什么！疯子！救命！救命啊！"单打独斗赢不了，杜纯纯一把拉开身后窗帘，探头大声呼救，却捂住嘴巴后退一步。

苏曦止顺着敞开的窗子，轻轻松松地跳进来："你要出去？"

"从这里跳下去，五楼有点高，但顺着管子大概就三米，只是风有点大。"玩笑的语气却有认真表情，苏曦止彬彬有礼。

抓住夏光评理或者大哭大闹这类事退居次要，杜纯纯被蛊惑，居然思考起这事的可行性。夏光不耐烦：“他是说把你丢出去。”

苏曦止明显笑了。杜纯纯这才如梦初醒，尖叫一声，夺门而逃。

轮到夏光打量这个人。他穿着件宽大病号服，却丝毫遮掩不了那副好身材。冬日柔和清冷的阳光将整张脸勾勒出神秘色彩。岁月未曾留下任何痕迹，只是相比曾经，不再眼角眉梢全是笑意，沉默时面容冷峻。

“没事吧？小心你的右脚。”苏曦止上前一步，顺手打开了被杜纯纯合上的房门。走廊里护士家属急匆匆地走过，世界顿时变得嘈杂起来。

“没事了。”夏光翻出床边的鞋子套上。

“当心，水下冻得厉害，你手脚都被弄破了。”夏光抗拒地别过脸，苏曦止警告道。

夏光这才注意到那钻心的疼痛来自哪里，被按回床上，她心不在焉地哦了声，却发现苏曦止的声音明显压抑着笑。

他在为件很显而易见的事情得意着。

夏光被杜纯纯搅得心绪不宁，努力整理思绪，昨天大桥上的一举一动浮现在脑海。她抓起桌子上的一张报纸，努力控制好情绪。

“你是怎么让我们在冷水中生存那么久的？”

“是你伸手引起搜救队员注意的，夏光。”苏曦止的语气忽然严肃起来。

夏光挣扎着离开床铺。苏曦止不再阻止她，不动声色地退到一米以外，退到一个正常社交的安全距离。他的眼神既担忧又无辜，夏光顿时和杜纯纯一样，迷失在那双水墨山色的深瞳中。她想问什么来着？

医生领着几个护士拿着瓶瓶罐罐和医疗器具推门而入。护士长看见苏曦止顿时大松口气，大声责备他去了哪里。几个小护士更加激动，声称自己锁好了门。杜纯纯气不过，在大厅内大吵大闹，却不敢进来和夏光正面理论。

“你最好躺着。”

“可我讨厌睡在医院病床上，有阴影。”夏光抱怨，令人惊奇的是，苏曦止竟又笑了起来，声音小到听不见。

“你在水里划出一个大大的光环，把我们围起来了。”夏光忽然想起来了，苏曦止的笑声戛然而止，“是你救了我，才不是报纸上讲的我救了你。”

他面色一沉：“不，你是半昏迷状态，不会游泳的人甚至没办法在水中睁开眼睛。”

“我看见了。”

夏光依旧固执地坚持争论：我才是对的。

“夏光，我不小心掉了下去，你在水中抓着我。我们被救了。”苏曦止不再掩饰，他生气时总爱蹙眉，水墨斑斓的眸子内闪烁着毁灭性的力量，犹如神睥睨世间。仿佛这不是一个细节，而是一个极度重要的事实。

“不是的。”夏光咬紧牙关，十年前她坚持看见外星人的那股倔劲又上来了。

“求你了，相信吧。”苏曦止的眼中似乎冒出了黑色的火焰。

“为什么？”夏光质问，“是什么让你改变了行动，你分明想把我拽下去。”

“求你了。”苏曦止的声音骤然软了下来，那是种蛊惑人的力量。夏光顿时被征服。

医院显然已送走了杜纯纯那尊瘟神，一个医生戴着听筒再次走来。

“你能等下给我解释吗？”夏光道，“我要知道。”

“当然。”苏曦止笑道，语调柔和却满是讽刺。

“当然。”夏光喊，看着苏曦止面无表情的脸，又接着补充，“你是没法再把我关进精神病院的。想当人渣不奉陪。”

三尺之内，生人勿近，苏曦止斜靠在墙边，整个人散发着冷峻气息。她成功激怒了他。

医生拿着听筒掰着四肢不停检查，夏光感觉自己像个人偶。苏曦止站在一旁落井下石，跟着医生一起询问夏光疼不疼，添油加醋地建议放个支架在她脑门上，以免脖颈处的伤口落下疤痕。夏光惊奇地发现，这些奇谈怪论，医生竟照单全收。

“医生，那他呢？”最后，夏光似有不甘道，脑子里不停思考着那些令人费解的画面，试图找寻个合理解释——一个否定自己精神不正常的答案。

此刻，苏曦止正如探病家属般坐在一旁的椅子上，毫发无损。而她却不得不进行全身检查，仿佛早已病入膏肓。医生敷衍地“嗯”了声，似乎唯一担心的是苏曦止那富有磁性的声音会扰乱治疗。

这时，杨晓大大咧咧地冲进来，看见夏光的造型，忍不住哈哈大笑，但忽又想起自己的职责，顿时严肃面容，几乎是脚不沾地地飞过来。她面颊蜡黄，头发斜斜地竖在脑门上，乱蓬蓬的，配上此刻担忧焦急的神色，倒是相得益彰。

“你醒了？”杨晓问了句显而易见的废话。

童年缺少情感交流，开心也罢伤心也好。不管是考试考坏还是做错事情，眼泪从来自己擦干自己咽下。即便是在父亲的葬礼上，也是夏光安慰别人。一句真诚的祝福，还能感激地说句谢谢。在山崩海啸般的忘我关心下，夏光尤为尴尬。

杨晓一呆，作为夏光最好的朋友，她已经做好了大哭一场的准备。此刻眼泪不由自主流出来，颤颤巍巍地抚摸夏光的手道：“死，不可怕。夏光你知道吗？上天是眷顾你的，都说你是医学史上的奇迹！”

苏曦止站在一旁，忍不住将手放在唇旁笑出声。

杨晓沉浸在自己的角色中不能自拔，就在她预备洋洋洒洒发表有关生死的长篇演讲时，苏曦止那天籁般的声音插进来：“我想她需要检查完毕后，好好休息。”

夏光头次感觉见面后的苏曦止这么可爱。她特别配合地闭上眼睛。杨晓这才如梦初醒，注意到角落里的苏曦止：“你到底是谁？”

异于对夏光的热情，苏曦止话语冷淡，透着股说不清的彬彬有礼：“与你无关。”

“别开玩笑了！不管你是谁！都在错误的时间出现

了！不仅破坏了我好朋友的婚礼，更害她背上逃婚的罪名！现在生活被搅得一团糟！如果你还有点良心的话！希望你不要再出现了！”杨晓大声嚷嚷。

“我有这么大的魅力，这当然是不言自明。”苏曦止话语讽刺，似乎对杨晓的唐突并无任何看法，实际上他陷入了种无所谓的走神思考状态。仿佛那句你到底是谁，可称作人类哲学史上的伟大思辨。

杨晓见他如此，放下心来乘胜追击，还自鸣得意地加了几句咒骂。可苏曦止虽和顾天性格截然相反，身上那股不可侵犯的气场却异曲同源。不到一会儿，杨晓说话开始含混不清，似乎被切掉了一半舌头。

从诊室中走出，杨晓才停下她不着调的喋喋不休，问夏光饿不饿。夏光顿时笑了，连连说了三个好饿。

杨晓挥挥手，背影消失在电梯拐角处。

夏光立刻如打了鸡血，一把抓住朝病房走去的苏曦止，小声问：“我能和你谈谈吗？”

苏曦止退后一步，下巴骤然一紧，他眸子深邃，从牙缝里挤出几个字：“那个女人买完饭会在病房等你。”

夏光顺着窗户朝外望，阳光和煦，楼下杨晓带着她那标准五短身材正朝医院食堂晃去，手中小包的亮片闪着光。她强调：“没有意外，我想和你单独谈谈。”

苏曦止转过身，修长有力的双腿大步迈开。夏光几乎一路小跑才能跟上。刚转过拐角，来到一个稍短又僻静的走廊，他面向了夏光。

“你到底想要干吗？”毫无疑问，苏曦止动怒了，他眼神冰冷，深邃如墨的眸子渗不进一点光。

“我想知道。”夏光轻声道。她话语的激烈程度甚至不及杨晓的十分之一，却可悲地吸引了苏曦止的全部注意。他略带威胁感地上前一步。夏光平视病号服领口露出的精致锁骨，咽了口口水，但毫不退缩，她迎着苏曦止又上前一步。

空气中弥散着火药的味道，气氛在无声中白热化。窗外难得放晴，一大捧雪噗一声从巨大的松树树干上抖落，露出只黑色大鸟血红色的眼，它嘎嘎叫了声，飞向远方。

“你欠我一个解释。”

“正如你所说，我救了你的命，不欠你任何东西。”苏曦止的声音中竟开始掺杂丝丝怨恨。

“可你保证过。”夏光坚持。

“你记忆偏差，完全不知道自己在说什么。”他的声音带着果决，似乎为这次对话画上了一个休止符。

夏光的身体控制不住地发起抖来，她完全被激怒了，大着胆子瞪着苏曦止笑：“如果你知道我的青春期是怎么度过的，你的说辞也许就不会这么敷衍了。”

无数个日日夜夜，苏曦止仿佛将她带到了一个全然陌生的世界，光怪陆离又充满苦难。想将幼年时最美好纯白的祈愿带到身边，可选择清醒就必须抛弃最宝贵的东西，选择疯癫就必须接受这世界的残酷。两难的自我怀疑，几乎将夏光逼至绝境。很长一段时间，她甚至不能正常生活，执念深入骨髓，只有步入黑暗才有前方。

他，会来找我的。如今确实回来了，可面目全非。

“你想从我身上得到什么？”苏曦止面无表情道。

那种冷漠深深刺痛了夏光，她愤愤不平：“我想要知道真相！为什么要替你撒谎！”

“你以为发生了什么？”苏曦止嘲讽地问，回瞪她。

夏光再也抑制不住，十年前的疑问与委屈如冰河炸裂，隆隆轰响——“我想要知道十年前你为什么要消失！为什么会被UFO接走？那真的是UFO吗？为什么之后全世界都像是在为你撒谎？说你遭受了车祸！说你已经死了！他们拼命抹掉你存在的痕迹，甚至不惜劳民伤财地将我和另一个男生关进精神病院！你走后三天还见过顾天对不对？对他做了什么？他的样子——真的是太奇怪了！”

她实在是太激动，眼泪随着酸楚与愤怒流淌下来，最后不可抑制地发展成号啕大哭。

夏光拼命想证明一切，可此时却丝毫无法在意别人作何感想。曾经在一场青春的繁梦中，如幼稚孩童，哭闹着寻求答案。

苏曦止用难以置信的眼神看着她，神情却是紧绷的、防备的，仿佛猝不及防地掉入一个危险却甘之如饴的禁忌之地。那瞬间，水墨色的深瞳再次荡起无数星光，耀眼夺目，望之惊艳。澄明通透中混杂进世俗的好奇。虽早有怀疑，但骤然瞥见那记忆碎片，他竟显得比夏光还激动，只是对情绪强大的克制力，让他不至于太失态。他蛊惑般地问：“你是说，你认识十年前的我？”

夏光不由自主地点了点头，急切道：“那些秘密我绝不告诉别人。”

“你是说我在水下划出了一个圆弧，然后把你救了？”不知哪里刺激了苏曦止敏感的神经，他不再追问，而是用质疑脑残的眼神瞧着夏光。语调恰到好处，神色更是无可挑剔，就像一个卓越无匹的演员。

他的反复无常以及愚弄惹怒了她。

“我不会告诉任何人。”夏光压制住怒火，这话今天她已经不知道在心中或嘴上重复了多少遍。

“知道这些又有什么用？”苏曦止淡淡道。

“对啊，即使这对我而言很重要，可某些人已经打定主意曾经和现在都不再认识我了。”喉咙里再不是自己的声音，她竟然也开始尖酸地嘲讽，大概是气疯了吧。

“你就不能说声谢谢，让这事过去吗？”

“谢谢。”夏光吼道。她也分外期待这个结局。

“你是想继续纠缠了？”

“是的。”

“可能会失望，因为我们本来素不相识。我也不记得曾经认识你。”

沉默一点一滴地在空旷的走廊内蔓延。夏光先说话，声音带着绝望与疲惫，她紧紧盯着苏曦止那俊美无匹的身影，试图从魔法般难以无视的美貌中解脱出来。他像只毁灭天使，眸子深处逐渐燃起幽蓝的火焰，将她的理智渐渐燃烧殆尽。

“你还是让我死吧。”她任性道。

一瞬间，那张让人魂不守舍的脸上露出丝意料之外的脆弱和迷茫。

“我不知道。”苏曦止轻轻说，接着决然背过脸去，走下楼梯。

夏光扶着墙壁，捂着胸口，花了很长时间才逐渐将心情平复下去，大概是真的被气疯了。

过了好久，她才强迫自己离开那条偏僻的走廊。

病房内的情况更加让人抑郁难言。

收到结婚请帖的同学挤满了整个房间，简直和婚礼那天一样高兴。一个女同学紧紧握着她的手，将一个红包塞过来：“你真是运气太好了。顾总平时对我们很照顾，真的希望你们幸福。”

顾天站在窗边，淡漠透明的浅色眸子被遮掩。经历了昨天的事情，再被众人推波助澜，他承受的东西太多，任何行为都有可能彰显。废止婚约抑或大发脾气？这桩婚姻已经没有了任何实质的好处，他随时有可能离去。

女同学的好意，瞬间让红包异常沉重。夏光顿时手足无措，有近一分钟的时间，她说不出完整句子。

其他人以为她感动失语，纷纷安静下来。随着时间的流逝，这是种显而易见的尴尬。

顾天从人群那头望来，眼中先是阴狠与冷漠，后是挣扎与狂乱，最后陷入沉思。夏光弄不清那些情绪从何发迹，又代表着什么。他袖手旁观，没人帮她。

“谢谢你，你还是给顾天比较好。”脱口而出的话让人震惊，原来潜意识中这场婚姻的背后，居然这般没有主见。一切只是顾天的心情。

“不用了，劳烦你们来看望夏光，不胜感激。婚礼没有给大家一个满意答复，已经很惭愧了。”顾天温和地笑了笑。

杨晓和其他几个女生一把拉过夏光，像上学时一样组成坚定同盟，声称绝不让男生加入，她们说说笑笑。

夏光猜不透顾天的想法，越发忐忑不安。她急于和他讲话，可随着时间的流逝，思绪却被扯到其他地方。

一群人的插科打诨中，夏光不停沉默，不断走神，简直察觉不到其他人在做什么。当那群人终于打算走，顾天开口道：“你去床上休息一下，一会儿有话对你说。”

夏光怔怔应了一声。顾天在身后狠狠甩上门，她吓了一跳，终于弄明白那堆杂乱的东西到底是什么。愚蠢！实在太愚蠢！她竟然又对神秘而古怪的事情着了魔。

夏光摸了摸后颈上的伤痕，记忆中不是渔网抑或其他，是刀！显然，苏曦止已经变了，带着强烈的威胁感。任何一个正常人都会远远逃离这一切。

她绝望地闭上眼睛。

她竟又开始迷恋他。

门外响起急切的咚咚声。

两个意想不到的人闯进视线。顾家爷爷顾城拽着苏曦止，两只眼阴鸷而锐利，他什么也不顾，甚至没了基本礼节，激动且没头没尾地低声道：“你帮我看看这是不是苏曦止！看看是不是他，是不是他。”

苏曦止一脸不悦，光线将面颊分裂开，一股怒火在墨色的眸子中隐隐燃烧，显然他的心情并不比夏光好多少。躺在医院的天台上，思绪随着白云从天的这边飘到那边，努力控制着渴望与挣扎。可忽然，这种放空的状态被一群人打断了，他很不耐烦。

一个老人竟让外人来鉴定自己的孙子。若不是条件不允许，夏光早被逗得哈哈大笑。可苏曦止更加恼火，他抬了抬下巴，一不做二不休，散漫地靠在门边，由着她看，浑身散发着惊人的魅力。

“小姑娘你怎么会不认识他呢！不认识你为什么要救他！”老人的手臂就像只巨大的鹰爪，将她牢牢抓住。

苏曦止的脸骤然放大，几乎看见阳光在白皙脸上洒下的绒光。夏光倒吸冷气。

不知演技太过高超抑或其他，那双水墨山色的眼蒙上了层雾气，透着挥之不去的迷茫。苏曦止坚持道：“我并不认识您。”

“父亲！父亲！这是做什么？曦止已经死了。这孩子绝不是他，十年实在太久了，早该放下了。”顾准在身后低声乞求，见到夏光后脸骤然拉了下来。他还在为昨天逃婚的事介怀。

夏光心虚，她想说不是她的错，可又是谁的错呢？似乎谁都没有错。

“我并不认识您。”苏曦止又重复了一遍，礼貌又疏离，“打扰了。”

“我不信！他不会死的！你们都在骗我！”老人老泪纵横，“我答应过那个人要好好照顾他！怎么能够违背誓言？那么多年与神明的纽带就在这里断了，我是世间最大的罪人，家族的耻辱！”

奇怪的字眼埋藏在大片毫无意义的呓语中。有很多和她的认知相矛盾，夏光甚至不能完全弄懂它们的意思。看着顾家这位曾在战争时期叱咤风云的军队大员，她只觉英雄迟暮。

“不！一定是有人在这孩子身上做了什么手脚！苏曦止那孩子绝不会这样！他是最敬重我的！”老人忽然想到了什么，干枯手臂爬满了褶皱，痛苦呜咽，“顾家欠了你很多，就算将命给了也赔不起。孩子你是不是在怕什么？爷爷会保护你的。可你不能不认我们啊，是在惩罚我吗？”

“爷爷，我已经把这辈子都赔给哥哥了。”顾天在门边笑道，“这个人不承认是他，没什么好可惜的。”

“闭嘴，那条贱命算什么，连为你哥提鞋都不配。”爷爷顾城低吼，他眼里只有苏曦止。

顾天立马闭嘴，但不同以往，他连阴沉的表情都没有，对苏曦止露出了一个温暖而轻佻的笑容，似乎在引诱他明白些什么。

视线相交，苏曦止对顾天的话产生好奇。

顾准顿时如临大敌，连知识分子固有的矜持都消失殆尽，他打压顾天，大声呵斥：“整天节外生枝！自从长大没干几样省心事。你到医院外面瞅瞅，蹲了多少记者？又有多少家报纸想要挖你的私人信息。娶这个女人闹出的荒唐事还不够吗？”

“这女人我是娶定了。”顾天对他父亲斩钉截铁道，“到时候谁也抢不走。”

“我们顾家人欠曦止太多了，不管这孩子是不是，我都不会放他走了。长得一模一样的人，这也是神明给我们赎罪的机会。”顾城泪流满面，颤颤巍巍地抓起夏光，忏悔的声音似乎发自灵魂深处，“以前是我错了。曦止，你看这个孩子，还喜欢吗？”

夏光一脸震惊。

顾准也难以置信：“……父亲。”

顾天忽然大笑起来，眼角满是笑出的泪花：“所以你们想丢弃我开开心心地去生活？这简直是我这辈子听到的最好笑的笑话。”

“父亲……你不能这样对待顾天。”顾准都看不下去，头次站在公正立场上说了句话，“毕竟，昨天要娶这女孩的是顾天。”

“你也会为了哥哥抛弃我吗？”顾天对周遭充耳未闻，拽住夏光的手，仿佛那是最后的救命稻草。他眼中满是期盼，笑容简直像个天使。夏光的心骤然软了，她回握着他的手，颤颤巍巍地叫了声：“顾天。”

经历了这么多事情，她已不懂违背自己内心的誓言，究竟是对是错。

一股阴冷的气息萦绕周身，顾天推开她喘着粗气大声吼道：“你们都抛弃我！”

“不是的。”夏光惊得摔倒在地，哭了起来。她只是不知道如何才能不伤害他啊。

“喂，闹够了。”苏曦止蹙眉喝止。

“对了，忘了这世上还有我最亲爱的哥哥。虽然最讨厌你，但只有你永远在我身边。”顾天缓缓转过头，恶狠狠地看着苏曦止，陷入了狂暴，“你说你这副样子，究竟装给谁看的？”顾天已处于崩溃的边缘。

苏曦止彻底沉默了，他面容冷峻，黑白通透的眼中翻滚出难言的痛苦，不再迷茫，不再漠然。灵魂深处有什么东西正在缓缓苏醒。最后，他坚持道：“我并不认识你们，也不会接受强迫的好意。”

“如果你不想，孩子啊没人会强迫你。你可以从我身上拿走任何想要的东西。”顾城道。

“我不认为我会和那样的人成为家人。”苏曦止看着顾天，旋即又转过身，“还有我更不认为如此对待家人的您，能给我带来什么实质的好处。”

那瞬间，顾城极度难看的脸和顾天的笑声尤其刺目、刺耳。

纷纷扬扬的雪花在短暂放晴后又降临世间，一片片一簇簇，犹如精灵般轻歌曼舞。它们顺着窗户缓缓坠落在夏光抖动的肩头上，仿佛冬日最深沉的梦境。夕阳西下，远处雪原上倾洒着瑰丽红光，城市逐渐亮起了星星点点的夜灯。走廊里病患家属步履匆匆，喧闹嘈杂。

夏光没有开灯，顾天在床边的身影犹如座被黑夜抚摸的雕塑。

人都走光了。顾准搀扶着虚弱的顾城步履蹒跚地离开。谁都看见了顾天，可谁也不会过问。作为顾家最年轻最有活力的成员，他理应是最坚强的，一贯强硬的作风更让他在所有人面前无懈可击。

内心深处猛烈而尖锐地疼痛起来，夏光几乎难以自持。她不想伤害他，不想伤害他！甚至愿意为安慰他痛苦敏感的心做任何事情！

如果是十二岁那年，她一定会绽放比太阳还灿烂的微笑，无忧无虑地拉着他跑过绿幽幽的原野，气喘吁吁又特别坚定地告诉他："你看，世界没你想的那么糟糕。至少还有我啊。"

白云悠悠，街边隐隐约约响起老爷爷卖糖葫芦沙哑的叫卖声。她为他擦掉伤心的眼泪，一边牵着手，一边顺着青石路，兜里所有的钱都掏出来，糖果、零食……直到将顾天的嘴巴满满占住，再也看不见悲伤的表情。

顾天一直是个容易满足的人，不出半小时，她就能哄好他。

可如今一切都变了。已经不能像往常一样嘟着嘴撒娇地喊一声顾哥哥然后安然无恙。苏曦止只是轻描淡写地出现，一切已到了末日边缘。

夏光闭上眼睛，深吸一口气，不能再错下去！不能再这般不清不楚！今天给顾天的希望，明日就是重伤他的匕首。真诚安慰成为致命毒药，笑容话语都是虚情假意，行动付出全部饱含恶意暧昧。事情的发展似乎都是别人的错，可站在这里，装作爱他的她才是唯一的错。

她想说世界充满爱，可他唯一想要得到的她，却给不了他任何爱。她本不是什么英勇卓绝的女子，只是习惯孤单伤害而已，此刻下了这个决心，浑身竟发起抖来。

一道无形的墙壁在黑暗中缓缓隔开二人。

顾天冷冷抬头，人群之中没有回答，面对爷爷的质问也没有回答，甚至放弃所有尊严去祈求答案还是无果。哪怕靠近一步，一个微笑，一个动作他就愿意飞蛾扑火啊。

可，没有，什么都没有。哥哥，哥哥，好黑，好黑，好害怕。可不可以哭？好想哭啊。

即使濒临绝境，毫无希望，也没有人愿意拉他一把。希望和爱葬身在这个寒冷而寂静的冬日。

眼中骤然燃起丝火光。对于踽踽独行在幽静森林中的猛兽而言，放弃是无比困难的，因为没有温暖就意味着死亡！

“夏光，我们重新开始吧。”顾天站起身打开电灯，室内又明亮起来。

他面带微笑，看不出丝毫颓废与不悦，若无其事道：“你不用担心那些，没人会非议，我会打点好一切。”

“可我再也不想承受了。”夏光的眼睛陡然红了，缓缓低下头，“对不起。”

就让他当自己懦弱，就当她不配。

“他们不会再说你一个字。”顾天咬着牙齿笑道。

“可我做不到！”夏光压抑不住汹涌的情感，大声喊了出来。她直视着顾天的双眼，感觉到了一股前所未有的勇气。她必须告诉他！她要拥有理智！她要将所有伤害缩小到最小！

“我没办法喜欢你。一次次自我欺骗，拼命说服是喜欢你的。可又能怎样？看着你的脸色行事，还是步步在错。你不高兴你不开心。我却没法和你心灵相通。你还不明白吗？”

顾天攥紧拳头，双眼如漆黑深邃的潭水，透不出一点光。这一刻，仿佛真有只魔鬼附着在体内，绝望而撕心裂肺地怒吼。

夏光不安地看着他。

“你食言了。”他转过身，狠狠关上门。

“你根本不知道自己在说什么。”离开前，他最后补充。

夏光抚摸着胸口，不停喘息着安慰着。没关系，没关系，并不是你看见的那样。只是一小会儿，一小会儿，失恋的人都会伤心。顾天那么优秀，那么有能力，一定会找到属于自己的幸福。

冬季的天空黑得异常早。医院塞满各种悲欢离合，多一个神情沮丧的人又算什么？顾天猛地冲进电梯，看着那些或肥大或病态的肢体，厌恶地退了出来。

整整十五层。僻静楼梯上只有咚咚的脚步声，背影拖得很长，大片大片融在一起。随着他远离人群，影子越来越长，最后在医院地下室停车场拐角处，犹如只行动灵活的巨龙，尾巴晃动在雪白墙壁上。

嘿嘿冷笑。

顾天转过身，望向走廊尽头。电灯闪烁，那里并没有人。他警惕问道："谁？"

没人回答。他下意识松了口气。

"小鬼，想得到整个世界吗？"忽然，那个声音近在咫尺。

顾天趔趄差点摔倒，等他稳住身体，依旧连鬼影都看不见。医院下方的通道内，空调机呼呼作响。

"都背叛了，就让他们也尝尝背叛的滋味。"

顾天低下头，终于看见了那个东西。它是他的影子，缓慢移动着，张开大大的嘴："他们都不喜欢你，对吗？不喜欢的话都杀掉好了。"

"以为你们这些垃圾只会找苏曦止呢。"顾天蹲下身子，"我没打算将自己的灵魂卖给魔鬼，对不起了。"

"你和你哥哥一样不懂得敬畏，令人厌恶。"

"尊敬的神明大人，如果您希望得到应有的尊重，去找我爷爷顾城吧，他一定会为接待您而沐浴更衣，斋戒半月。"顾天客气，话语讽刺，"说真的，他还从来没见过您这种正牌真神。苏曦止的父亲已让他受宠若惊了。"

"难道不想让夏光喜欢你吗？"黑影咯咯笑了起来，"其实你心底一直清楚，她是不会爱你的。可这世间为什么存在神明？它是帮助你实现愿望的。"

顾天的身体骤然紧绷，注视着脚底这只巨大的怪物：

“我还是忘不了十年前你是怎么帮我实现愿望的。我已经不是当年那个小孩子了，你骗不了我。”

“不，只是各取所需。”黑影对顾天的态度不以为意，“如果这个世界终究抛弃了你，相信你还是会来找我的。毕竟，神明与你同在。”

“不需要。”顾天坚持。他动了怒，锁骨处的飞鸟文身竟开始振翅，发出鸣叫与紫电。作为与苏曦止唯一有联系的东西，这是十年来的第一次，他主动将这个屈辱的标记显露出来。

“形状很漂亮。”黑影阿谀道，“可不要忘了，除了是被苏曦止选中的人以外，你终究只是个普通人罢了。”

“你也不过是地球上一道虚无缥缈的幻影。如果我不同意，几十万光年外的你，休想做任何事。”紫电凌空闪烁，将地上的黑影撕成了碎片。它还是成功激怒了顾天。

大幕揭开，遥远时空中，一只巨眼缓缓睁开。

Yu Shenming De Chulian

Chapter 4/决裂之爱

庭院深深，红梅孤寂绽放。苏曦止犹如一只黑猫溜进顾家大宅的一处偏院。

短信正安静地躺在收件箱中，发信时间为十年前。

苏曦止皱起眉头，他甚至至今都未能弄清自己到底是谁。可居然有人已预料到他的新生，还下达了条被加密的S级命令。

命令提醒，只要能完成它，就可拯救整个地球。

尽头紧锁的房门被撬开，里面窗明几净，被单柔软舒适，这是顾家苏曦止的房间。和自己同名同姓同一张面孔的人。

苏曦止半蹲在墙边，修长手指缓慢敲打木质柜门。说不清紧张抑或兴奋。顾家大宅一直被标记为S级禁区，可如今他却被迫来到这里，强制执行除了神明大人外另一个人的S级命令。

错综复杂的表面下，隐藏着巨大的秘密。而如今，近在咫尺。

苏曦止摸到机关，房内响起轻微的咔嚓声。柜门内不再是成堆衣物，而是只容一人通过的狭小通道。苏曦止调整了下呼吸，拿出随身小手电筒，奇异的感觉随着光线穿透黑暗，贯穿了全身。

幽风自脚底吹起，暗房中堆满了各种电路线板以及药剂废纸。苏曦止费力翻看那些记录，希望弄清所谓的S级命令到底是什么。可悠转了半晌，一无所获。

忽然，手指在那些凌乱的稿纸上停住。一直存在的诡异违和感越发强烈起来。他又翻了好几页，手电筒险些掉落在地。

几十万年前天狼星母星资源消耗殆尽，不得不派出宇宙飞船来到银河系边陲小星——地球。他们在南美洲秘鲁开采资源金，工厂规模越来越大，人手却逐渐不足。于是寻找到当时的智人，依照自己的基因进行改造，得到了大量的廉价劳动力——人类。

但随着时间的流逝，采矿活动并没有持续多久，天狼星人越发不适应地球法则，爆发大规模的疫病后逃回母星。

从此除了犯有死罪的囚犯，再无天狼星人降临地球。然而随着立法的改革，这种不人道的流放方式也被母星废止。可贪图一时矿物开采效率，人类飞快的进化速度，给整个星球带来了灾难，导致随后的人口大爆炸。这么些年，母星对地球一直采取科技封锁的态度。而这些看似废纸上所记录的知识，远远超过了如今最尖端的科技！

原来除了附着在晏生身上的黑影外，还有其他母星人与地球有联系。下一秒，苏曦止的肌肉放松下来，以这个密室内灰尘的厚度，如果他存在，也已是十年前的往事。

书柜里一个密码箱被焊死在地上，无数雕花纹路如游鱼闪烁。苏曦止的呼吸骤然急促，这种密码锁不是人类现有科技能够做出的。

“咔嚓”一声，他激动地掀起箱子，随后一股巨大的失望从心底泛起。传说玛雅文明曾从天狼星激进派中获得十三块水晶头骨，里面藏着有关人类起源与死亡的秘密。这种非法传播知识的方式被母星当局禁止。所以人类只知水晶头骨，却不知这些母星恶作剧者给地球人的小礼物上早缺了很重要的部分。

水晶骨头是唱片，它却少了播放的音响设备。现在躺在苏曦止面前的漂亮石英吊坠就属这个情况。

原来，一直藏在暗处的人并不是天才，所有计划在十年前就已失败，苏曦止甚至不清楚自己要接的S级命令到底是什么。秘密，将永远沉入岁月的湖底。

可忽然，他又明白自己要做什么了。

苏曦止猛地冲到桌旁，拿起放大镜，隐藏石英雕花内浅若游丝的字体被放大。原来，主宰遥远星系与地球命运的文字，只有一句话。

除了有个可笑的落款猪宝贝外，其他看起来很正经又义正词严。

保护夏光，因为你爱她。

寒风肆虐的平台上，晏生黑色的兜帽被吹得猎猎作响。远方地平线被高楼冷硬地分割成无数残破细线，从罅隙中透出的夕阳热烈地穿透了整座城市的风雪。有那么一瞬间，她以为自己已不在这个星球上，可寒冷空气在衰老的肺部一个回环，憋出连串咳嗽声后，又将她拉回残酷的现实。

整整三天一直生活在恐惧中。她害怕黑影再次降临。

可到了今天，晏生却仍然活着。起先看着时钟从胸腔内涌出的狂喜已消失，只剩下无边的恐惧。

神明大人的沉默意味着什么？

是宽恕，抑或之后更猛烈的天罚？

在无尽的担忧与折磨中，晏生享受着每一口呼吸。再也不是靠同情来强迫苏曦止的女孩，她开始变得歇斯底里。当苏曦止告诉她，需要时间了解自己的过去时，她发疯地尖叫起来："曦止我会死啊！你不在乎我了吗？他们会先杀掉我，再杀掉你！其他都能从长计议，可连命都没了，又有什么重要呢！"

可不等她的泪水掉落，苏曦止撑住墙壁，拿出那片透明石英坚定道："母星希望杀死夏光，从获得新生起，我一直是棋子，机械地完成任务。杀死她是S级任务，保护她不受伤害亦是S级任务。这是我从未经历过的混乱。虽然我对那位发布命令的神秘人的信任少得可怜。透过他，我觉得我只是可笑的提线木偶。晏生，我不会行走在别人设定的道路上。阻止我的，即使是你，也不可以。你是我的守护者，能决定你生死的人，只有我。”像命令更像保证。

晏生怔住，干枯瘦弱的手紧紧抓住天台栏杆，她稳定了下情绪：“那个叫夏光的女孩很普通，出身工薪阶层，智力水平中等，像她这样的整个地球千千万，除了是神明大人的选择外，毫无特别之处。我们没必要去冒险啊。”

“为什么是她？”

“恐怕只有神明知道。”

“不，我们也会知道。”

晏生急切地问：“你有什么办法？”

“或许，等她……爱上我。”苏曦止思忖，“只是她现在最讨厌……我？”

“曦止，你不可以这么做！没人逼你这样！你只用杀掉她就好！一场恋爱可以拯救地球？这是不可能的！实在是太荒谬了。如果神明驾驶宇宙飞船从天狼星迁跃降临地球！想想那些高科技，只用动动手指人类将沦为奴隶！没有任何人可以阻止啊！”

“可正是如此才难以抗拒。”

“不可以！你会破坏所有规则。我们会被神明狠狠处罚。这根本就是圈套。”

苏曦止伫立在风雪肆虐的楼层顶部，没有回答。白色的衣襟飘荡，等晏生再抬头看向他时，苍蓝天空已空无一物。

最幽深的水底有一束光，朦胧如雾。寂静无人的深海，上方水体如黑色镜子压下。夏光仰头，身体被无数绳索禁锢。压抑、窒息。濒死的绝境中，她拼命朝不远处的一抹亮光游去。

极度痛苦中，身体抽搐，渐渐缩小成一团。从彼岸而来的人，终究会用同样的姿势前往黑暗。恐惧掏空心肺，夏光感觉意识脱离身体，从上方俯视着逐渐下沉的自己。

触手可及，全是黑暗。越来越小，小到孤单一人。

可突然，四周犹如舞台被渐进打开。细碎精致的碎片，夹杂在海水中，逐渐聚成一个人形的影子，撕开层层禁锢，来到她的身旁。

像抓住最后的救命稻草，夏光不顾一切地狠狠抱紧他。

世界瞬间颠倒，身旁是灿烂星河，脚下是无边大海。夏光看着苏曦止。他的手轻抚她的肩，带着笑意，眼中藏着整个世间绚丽的繁华。

“我一直都在啊。”风吹起苏曦止白色衣衫，殷红的花瓣在袖口飞扬。那样的他让人很有安全感。

夏光的身心逐渐放松下来，沉沦在他眼底的那片空灵澄澈中。

可转瞬，胸口传来一阵剧痛，夏光不可置信地抬起头，苏曦止抽出腰间的那把刀，刺进了她的心脏。

“我真的一直都在啊。”他道。

那把刀的末端，也穿透了苏曦止的胸口。

头顶上方轻轨呼啸而过，犹如蜻蜓的薄翼颤抖。冬季天亮得惨淡，窗外落雪发出扑哧的声响。清晨混合着早点的蒸汽与汽车的喇叭声。

白光闪过，夏光喘着气，猛地从床上坐起身子，很久才抹了抹眼角渗出的眼泪。没精打采地挤出牙膏，她看着镜中带着黑眼圈满头杂毛的自己，皱眉揉了揉胸口，狠狠打了个哈欠。

糟糕的梦境，痛彻心扉。

可，又还能怎样？

不过一个更糟糕的预感罢了。

早十点，夏光坐在出租车内，看着迅速后退的街景，阴郁地叹了口气。这段时间是非太多，顾天的钱包竟一直躺在她的书桌上。

想要撇清关系，这种东西，必须还。

在高楼林立的市中心下了车，夏光在顾氏集团西大楼的销售部找到了一脸便秘表情的杨晓。

“你这个浑蛋死鬼，赔老娘青春！”杨晓一见她，便张牙舞爪地冲了过来。

“我什么时候宠幸过你？”夏光翻了个白眼，一脸嫌弃。

“天啊！我已经加了三个星期的班了！全公司那么多人，有人针对我！就整我！就整我！”杨晓指了指脸上大大的黑眼圈，“和你当闺密，简直没从资本家那里得到半毛钱好处。今天来休想让本宝宝给你干任何事！”

夏光晃了晃手里的钱包：“不用你帮忙，我直接给前台，让她给顾天。”

“那样最好。”原以为杨晓会怂恿着她和顾天见面，夏光不由自主地将手放在杨晓的额头上。

“你干吗？”杨晓捂住胸，大声嚷嚷，“本小姐可是良家处女。”

“今天你不正常啊。”

“情况复杂，一两句说不清。”

“复杂？”

杨晓摇了摇头，扶住夏光的后背，难得正经，领着她从大楼西侧的楼梯走下：“近期公司内部会有重大的人事调整。前段时间受金融危机影响，集团多个子公司受到波及。顾天又顶住压力娶你为妻，触动了很多像杜纯纯父亲这样大股东的利益。他的行为已被视作一意孤行，董事会开了三天。我们这些小员工虽不知道会发生什么，但也知道有变故。风顶浪尖，顾天自顾不暇，来不及再谈感情的事。你最好不要再出现。”

夏光的脸骤然惨白一片。顾天那双冷漠而渴望的眼出现在眼前。生活在沉沉暗夜里的魔鬼，想要靠近阳光，都要付出代价吧。

被暖阳焚烧，万劫不复。

她望着窗外顾氏集团布置的花园广场，微微拳起手指。

寸土寸金的商业中心，被钢筋森林团团包裹。高贵典雅的顾氏大厦，就像希腊神话中驾驶金色马车散发炽热光芒的少年阿波罗。公园树枝上挂满了圣诞节的无数银色星星。公司外华美的罗马柱，梦幻的彩灯，巨大的冰雕，憨态可掬的圣诞老人。

“这一切本该是你的啊。”空气中飘来杨晓的叹息，“只有实力雄厚的顾氏才能在这样的地段大费周章地去营造一夕胜景。都说富贵与地位是过眼云烟，可拥有的美好，谁又能拒绝……”

夏光惊诧，可扭头杨晓脸上早已看不见方才的落寞，换上了没心没肺的笑容，鼓励似的捏了捏她的掌心。

旋转玻璃门后，巨大透明的电梯幻化着阳光。杜纯纯窈窕的身段如柳枝摇曳，抚弄着大波浪的鬈发，低声和几位公司同事说笑。见她们走来，她楚楚可怜的大眼闪过丝恶毒的笑意。前几日她联合几个部门领导对杨晓进行打压，甚至拿掉了杨晓精心准备的企划案。

杨晓不停揉着裙角，怒目而视。

杜纯纯仰起头，轻咳一声，装作漫不经心道：“小杨，把你的企划案拿过来放我桌上。我要过目。”

“那个项目不归你管，凭什么要给你，管得也太宽了。”杨晓控制不好情绪，连声音都变得尖细。

“你有什么资格对纯纯这样讲话，凭你比她老吗？”旁边一中年女子用鼻子哼了声。

这话触到杨晓软肋。当初毕业找不到工作，因和夏光交好她才勉强到顾氏上班。谁都知道她有顾天这层得天独厚的关系，却因能力欠佳，一直得不到提拔。同期来的好几个女孩子都成了部门管事，她还在顾天这块金字招牌下浑浑噩噩地混着日子。

“杨晓，你班不好好上，带个外人来干什么？”女子见夏光穿着便服，一看就不是公司上班的员工，话锋一转，灼灼逼人。

“人家当然有资本啦，人家可是前老板娘啊。”杜纯纯看着自己纤长的指甲，抬头微微一笑道，“只是可惜了呀……”

“你就是夏光？甩了我们顾董事长的那个……”仿佛甩这个字用在顾天身上格格不入，旁边女子一声惊呼，捂住嘴巴。

所有人的目光顿时集中在了夏光的身上！

惊讶，探寻，难以置信。

夏光抿了抿嘴唇，取而代之的是一种淡然，那些如刺般的字眼似乎与她毫无关系。

电梯间几个人更加肆无忌惮。

黑色长款羽绒服衬出修长匀称的身材，面容青葱美好，灵动的眼微微一转，波光潋滟。

一个容姿上层的女子，但也仅此而已。

逐渐，两个穿工作服的女子眼底逐渐漫上了层轻慢与鄙夷，同时，心中震惊与疑惑也越发大了。顾氏家族一向生活在传说中，行事低调，家世渊久财力雄厚，是各种媒体疯狂追踪探触的对象。有传闻称，顾家之所以在市中心占有那样大一块古色古香的老宅，是因为早在宋代时已累世公卿位极人臣，出海贸易做得风生水起。时至今日，如很多古老家族般，财富地位人脉早已到了寻常人无法想象的地步。顾天的祖父顾城是民国时期称霸一方的军阀，沉稳精干，凭着个人魅力，迅速征服了位奥地利皇家公主。父亲顾准深居简出，在中国学术圈名声很盛，年轻时是举世无双的美男子。

所以现任继承人顾天但凡参加一些上流贵圈的社交活动，一抛头露面便会夺取各方名媛的关注。

这样的家族，会有这么平凡的豪门新娘？若真如传闻所说，居然是她甩了……顾天。简直匪夷所思。

“别这样看她。”杨晓迎上那几个同事的目光，“她是我朋友。”

“时至今日，我终于明白纯纯的感受了。”一个女子咳了声，拿眼斜睨夏光，低头掩住嘴角。

哄笑声犹如水波荡漾开来。

“你们！”杨晓气道。

“不，是他甩了我。”夏光忽然神色平静地开口，“我确实没资格。”

冬日阳光透过水晶玻璃照射在她通透如葡萄的黑瞳。这样一句屈辱的话，竟然被她说得不卑不亢。

杨晓停下下意识的保护动作，一抹诧异停伫在她脸上。阳光将夏光晃得苍白，那一瞬间，她似乎再也看不清夏光。

电梯中几个女子重重松了口气，故事应该是这样的。豪门贵公子猎奇喜欢上了平凡邻家乖乖女，等爱情褪去，现实的残酷当然扑面而来。

她怎么配得上！她不配！

电梯到达一层，人们鱼贯而出。杨晓和杜纯纯在玻璃门前停住脚步。顾氏集团公司的高管和股东个个西装笔挺地出动了。气氛莫名紧张，大理石地板上是凝固的倒影。

杨晓探寻着四下张望，前台的女孩凑过来悄悄耳语了句："董事会开完了，大少爷回来了。"

"大少爷？谁是大少爷？"杜纯纯脱口而出。她早年留学英国，对于这种封建礼制的称呼很不适应。顾天似乎也从未称自己为"少爷"，但那些年过半百的老人脸上严肃的表情又让她不敢造次，只是越发好奇了。

寂静，没有声音。

雪花飞扬在圣诞树上，无数金色红色的彩带缠绕在道旁的栏杆上。透明如水晶的冰雕圣诞老人俯视着从不远处行驶而来的加长型林肯轿车。长长的红色地毯上，穿着黑色制服的司机从后排左侧打开了车门，一个面容清俊的年轻男子走了出来。

那天在大桥之上数十米的高空，这张脸庞被天风吹得飘摇，报纸上的剪影更是难以辨认。而如今，他如此真实地出现在众人的视线里。

夏光默默望着电梯门打开又关上，原本想要去各个部门送文件的小职员都停止了动作。身边人的视线都转到了门外，她也随着看去，冬日正午的阳光从透明的穹顶倾洒而下，缓慢而温柔。

身着黑色制服的司机恭敬地将门打开。

风雪在一瞬间停驻。

那人从车里走出来。白亮的雪恍惚而不真实。

他的面容被强烈的光晕照耀得模糊而不清楚，又或者本身散发着让人无法回避的强大吸引力，英挺俊美的身材，眸子深处空灵澄澈，周身那股强大而高贵的气质让人难以接近。

公司几个大股东不由自主恭敬地迎了上去。

杨晓不敢置信地睁大了眼睛，努力将那人看得更清楚一些。忽然，她用手捂住了嘴，险些喊了出来。她下意识地抚住胸口，忍不住转头看向夏光，只见夏光正失神地望着被一大堆中年男子簇拥走进公司的那人，脸色苍白，眼神失了焦距。

苏曦止高贵而完美的侧脸带着丝笃定与专注，只在旁边助理说话时，偶尔点一下头。无数光点闪烁着旋转着，纷乱的视野内，夏光胸口传来阵阵深沉的钝痛。

他啊，曾那么迷茫，那么矛盾地说过。再也不要认识你，却带着人畜无害的笑容，回到了你的生活中。

就像当年的决绝离开，他又骗了你。

为什么？

心仿佛被刀子一片片割开，剜肉之痛。夏光的嘴角闪过一丝嘲讽的笑，苍白失血的面庞在这阳光下，仿佛转瞬就会蒸发掉。

“好帅啊。”不知哪个女孩子终于忍不住发出了一声赞叹，打破了角落里凝滞的气氛。杜纯纯仗着自己显赫的家世，曾见过娱乐圈不少花瓶似的男星，可也不得不说换下病号服的苏曦止简直像古希腊神话之中的完美神祇，见之忘俗。可他的注意力完全在另一个方向，没有看见这群饱含期待的女孩子。

“这就是顾家十年前死去的大少爷苏曦止？看来八卦消息果然不可靠，我就知道像我们董事长顾天那样强势的男人，怎会被下面那群股东弹劾被迫让贤？原来是来了竞争对手。真不知道公司后面的人事安排会出现什么样的变动。豪门免不了兄弟相争啊。”

“死？十年前的事情会不会另有隐情？怎么好巧不巧这时候又回来了？天啊，以前一直觉得顾董事长是这个世界上最帅的男人，看来我还是太浅薄了。”

“我们顾董事只是和大少爷不是一个类型的！我可是他迷妹，闭上你的嘴巴！”

杨晓隔空狠狠地瞪了苏曦止一眼，打算溜到夏光身旁去安慰她。可身后透明的电梯突然打开，几位高管慌忙迎了上来。

顾天西装革履，嘴角带着惯有的笑意，下颚是倨傲的线条，走过夏光的身侧，连余光也未给。

透明浅淡的眸子深处，有黑炎闪动，燃烧着冷酷。

夏光忍不住剧烈颤抖了下。

杜纯纯掩住娇俏的嘴唇。情深似海，翻脸不认，这才是她喜欢的顾天。绝情又如让人着迷的罂粟花。

顾氏公司门外。

冬季的阳光全部凝聚在了苏曦止挺拔而帅气的侧影上。公司外部的红地毯上，所有股东和高管齐刷刷站满，面带微笑，彬彬有礼。

“方才还有些事情要处理，下来晚了，抱歉。”顾天快步上前，有些慵懒，“我想哥哥是不会在意的吧。”

“听人讲你在公司对属下员工要求极严。我虽被派了总经理的职务，但实际上还是要请你多指教。”苏曦止笑道，伸出右手。

此言一出，四周顿时响起一阵窃窃私语。顾氏集团总经理！这个职位是多少人梦寐以求的。在内部相当于掌管了大大小小事物的实权。顾天摸爬滚打了这么多年才被父亲顾准信任，而昨日这个早已将过去忘得一干二净的哥哥，不知出于何种目的，单单只是站在他们家门口，宣称想要回到原来的生活，就被爷爷委以重任。

一朝便分了他的权力。顾天歪头笑得灿烂，犹如只被彻底惹怒的雄狮。

他拒绝伸出自己的手。

两人的背影在公司外部华丽光洁的大理石地板上，形成掎角之势。

苏曦止好脾气地笑了笑。

几位大股东焦急而尴尬。

顾天忽然上前一步，在他后背搂了下：“哥哥，我当然会好好照顾你啊，谁让我们是兄弟。”

"见外了，照顾弟弟的人应该是我。"

顾天凑近苏曦止耳畔，在如雷的掌声中低语道："这次你休想赢我。"

苏曦止挑了下眉。

人群簇拥着两兄弟朝着电梯走去。

夏光慌忙侧过脸，和一众职员闪到墙边。她拉了拉肩上的背包，扣子忽然松掉。

啪嗒！

慌乱中，黑色真皮钱包突兀地掉在大厅地板上，银行卡和杂物散落一地。她狼狈地低头去捡，只见一双被擦得亮眼的真皮皮鞋闪进视线。在夏光呆怔的片刻，一只白皙而修长的手收好东西，将其递了过来。

是苏曦止。

"谢谢你。"夏光小声道。心中如小鹿乱撞，幸好照片还稳稳地躺在皮夹的夹层中，像心中永远的秘密。

"哥哥，那是我的东西，你干吗给她？"忽然，顾天的声音在身后响起，夏光如雷轰顶。

"你的？"

"对，是我的。"顾天走过来，搂住夏光的腰，不顾在众人面前，在她耳边轻轻吹了口气，"都是我的。"

夏光打了个寒噤。

大堂之内满是顾氏员工，大家面面相觑。或许是眼前的一切太清楚地宣告发生了什么，反而更加惊疑到不明所以。特别是方才几个在电梯中遇见夏光的女子，简直快把眼睛瞪了出来。

前段时间铺天盖地有关顾氏逃婚新娘的报道，犹如过电影般重放。简直不敢相信，难道真是顾天一厢情愿，结果被甩？！

夏光体内的血液轰的一声冲到脑部，猛地扭过头去看顾天。仿佛站在山尖，天风凛冽，纵身一跃而下时带着决绝。顾天嘴唇苍白无色，低头凝视着她，那种专注将外界的一切都摒弃掉了，包括他视如生命的尊严与高傲。

苏曦止眼底暗沉。

不可以这样！你不可以这样啊！夏光撕心裂肺地疼了起来，眼圈骤然红了。她疯狂想要逃开，可脚似乎被钉在了原地。她猛地挣脱，阳光照在脸上，有冷冷的阴影和绝情的味道，就像一场顾天一直梦见却无法走出的噩梦。

有什么可以阻止你，有什么能够将一切都还清散尽？

黑色钱包的夹层中，是顾天在长达十年人生岁月中，视若珍宝的照片。

一面是夏光。

另一面贴着苏曦止。

但如今，他们在夏光的手中终于分离了，犹如两片在空中飘荡的雪花，一眨眼消失不见。

胸口某处凉凉的，像有血流出。那双往日看起来纯真美好的眼睛，淡漠到什么也没有。夏光退后两步，望着他，静静地说：“结束了就是结束了。我不玩暧昧，更没时间。”

众人震惊——这个女孩居然敢对顾氏的继承人这么说话。

她最终还是完全拒绝了他。

在喧嚣和众人的视线中，顾天被她逼上了绝路。

仿佛第一次认识夏光般，顾天开始认真地审视她，黑色的长发，灵动的眸子，紧张时微抿的嘴唇。

陌生而熟悉。

他真的失去了她，满盘皆输。顾天将视线从她脸上移开，漠然地对身边人道：“上去吧。”

金色阳光中，强烈的光晕笼罩着他倨傲而孤单的背影。强忍住心中的不适，他回头望了眼夏光，眼底尽是嘲讽与悲伤。他将钱包放进西装上衣口袋内，仿佛什么事情都未发生过。

夏光失神。玻璃窗外的天空，风雪再次降临，天空静谧得像沉睡般不真实。

我这么做一定是对的，不是吗？

透明电梯合上。那瞬间顾天的脑海中忽然响起了一道邪恶的声音，犹如影子般纠缠着，恶意而又幸灾乐祸——“决定了吗？她还是抛弃了你。怎么样？让我们一起来毁灭世界。”

让我们一起毁灭这个绝望的世界。

拿回本属于王者的战利品。

Yu Shenming De Chulian

Chapter 5/初见之约

冬季的夜晚，星星散发着寒冷的光泽。

浓重的黑暗洒满了夜的每一个角落，顾氏大楼空无一人。苏曦止从大理石地面的角落里捡起一张照片，和手中的那张缓缓合在一起。

夏光扎着马尾，青葱的笑容在月色中柔和美好。

很熟悉，像刻在灵魂中。

白天的那幕又回到脑海，夏光接过钱包的手，指尖那样温暖。苏曦止闭上眼睛，无奈地笑了笑。他走到夜灯耀眼的大街上，坐上道旁栏杆，表情就像一个迷途的孩子。

“妈妈，上次就是那个哥哥从很高的地方冲下来，救了我哦。”对面街道上，传来小女孩兴奋的叫喊声，“他比汽车跑得还快。”

“瞎说什么。”旁边的中年妇女看了眼苏曦止，歉意地笑笑，牵着女孩的手快步向前。

苏曦止眨了眨眼睛，做了个再见的手势。

女孩突然挣脱大人，踉跄着飞奔，扑到他身前，笑嘻嘻地塞来一样东西：“哥哥，这个给你。”

苏曦止张开手掌，那是个漂亮的圣诞节彩蛋。

“试一下，很好吃哒！”女孩甜甜地笑了。

“不了，谢谢。”苏曦止礼貌地摆了摆手。

“哥哥，你试一下嘛。不试一试怎么知道呢？说不定你会很喜欢它啊。”

试一试……嘛。

苏曦止怔住，眼波如潮水汹涌。

九街三十二巷位于远离市中心的偏远地区，是旧城改造的重点项目。鳞次栉比的胡同与稀稀拉拉的电线杆将整个视野切割成无数细小的块状，但在细节之处却多有惊艳之笔，夏光每回饭后跑步，总能不经意间在拐角处发现盆长势良好的多肉植物，或者在穿堂的风中听到空灵的风铃声响。

血色残阳下，夏光骤然停住了，脸上汗水不停滴落，她不自在地将袖子拢了拢。

冬季慢跑呵出的白气模糊了视线。

大概，所谓心动便是，无论什么时候、什么地点，你与他不期而遇时，一切都会变得奇妙而缓慢。风吹过树梢，大雨漫过屋檐。浑不在意的小事开始细致入微，犹如蜻蜓的薄翼在脑海颤动。

夏光不由自主地被吸引，抿住嘴唇，经过一番挣扎，她下定决心从苏曦止身旁穿过去。

“等一下。”苏曦止一把抓住她的手腕。与夏光的激动截然相反，他声音冷冽平静，沁入人心。

“我们不是不认识吗？”夏光恶意地选择了最讨人厌的那句，扭过头审视苏曦止的面容。她讨厌这种对峙，为什么自己一遇见他就心烦失控。

“我为那天的无礼道歉，但那确实是最好的选择。”苏曦止的声音从记忆中翻滚而出，“那样对你最好。根本没生活在同一时空更好。”

“你想说我是你的灾难。”

“确实是。”

“够了！你的心意我一直知道，如今我也有自知之明。十年太长，长到所有人都变了。所以，我放弃好吗？我简直要熬得发疯了。是不是我放弃你，我的人生就能再次见到阳光，而你也能更好地生活？那好！我放弃！可以了吗？”

我们是陌生人，擦肩而过的陌生人。

十年来的一切，如今看起来都愚蠢透了。谁又记得儿时那句轻飘飘的“等我”。承诺的那一头，只剩自己傻傻的。而眼前的这个人，面色冰冷，犹如从童话中走出的高贵王子般，被巫婆施了遗忘魔咒。

期待时越离谱，失望时就会越难过。她卑微的喜欢无人怜悯，一心一意地爱着，十年来追求一个人，还不如去思考下如何将自己之后的生活过得更好。

只有自私而放肆的人，才能获得幸福。

逃离十年前的梦境，逃离一切荒诞离奇，重新做回一脸灿烂笑容的夏光。

只是仿佛生命被生生地割去了一半，那样疼，那样狼狈。

轻微的叹息声中，夏光敏锐地抬起头，随后捕捉到一个字——“笨。”

简单的回答，却没了方才的冷冽，带着点点的暖和宠溺。

“对啊，我就是很笨，如果不笨，也不会喜欢你那么久！”

“我不告诉你，只是想要保护你。真相真的那么重要吗？”

“难道还不够重要吗？”

苏曦止忽然将手放在唇边，发出清朗的笑，随后声音低沉犹如暗夜中恋人轻声的低语：“你觉得我为什么会出现在这里。”

夏光睁大双眼，心跳莫名慢了半拍。

如果不穿越半个宇宙来见你。如果不爱你。

青石板路上，他眼底有一丝调皮的笑意，带着坠落天使般的蛊惑，戏谑道：“你真的要了解我吗？”

危险，致命，眉眼带着不易察觉的挑逗。

了解？

夏光的心猛地慢了半拍。

前方有片未知的海，浪花汹涌。

回到家，夏光接到要求和她合租房屋的电话，她敷衍地定了一个时间后，又在杨晓兴奋的声音中，度过了将近半小时的时光。夏光只在杨晓换气的空当，插上各种声调的嗯嗯声。所以，杨晓完全没有注意到有什么不对劲。

洗完澡后，夏光在桌子里一阵乱翻，找到曾经上学时的一张周杰伦碟片，插上耳机一头倒在床上。

原本欢快的歌曲，因为老旧时光，竟带出了很多寂静而又深藏在记忆中的场景，课桌，书本，操场和被教学楼切割成一片片的天空。

眼泪弄湿了被褥。夏光专心致志地听着歌，试图弄懂那些复杂的鼓点和节拍，可即使如此，苏曦止的声音还是不停地在脑海中回放。

猛地将声音开大，嘈杂声瞬间将她淹没到无法思考。终于，她从枕头底下翻出苏曦止给的旧手机，看着看着，沉沉地睡去。

睁开眼睛，她发现自己在一个熟悉的地方。意识的某些部分告诉她正在做梦，海底幽蓝的光透下来，又是那片水域。这次她没有停留，拼命朝着微光游去。

但顾天忽然出现，将她拽住，试图阻止。

“怎么了？”夏光回头问道。可他脸上写满了恐惧，在水中用尽全力阻止她反抗，窒息感贯穿全身。

“别过去！别过去，你会死掉的……”顾天恐惧般低声说道。

无数的星光在不远处成型，苏曦止仿佛是披着月光的神祇般从天而降。

“为什么？”夏光问道，反抗着顾天的禁锢。但他忽然放开了她的手，大叫着，身体侧翻，抽搐起来。

夏光惊恐地看着顾天，但他不见了，先前的位置上出现了只浑身黑鳞的美丽天使，长长羽翼伸展到整个水域。面对苏曦止，漆黑而美丽的眼睛里全是敌意，背上鳞片根根竖起。

“夏光，快跑。”顾天又一次朝她大喊，但她没有动。一道光从天而降。

苏曦止从容地走过来，肌肤微微发着光，眼睛不再空灵澄澈，而是漆黑危险的。他举起一只手，示意夏光到他那边去。

顾天不安地扇动着翅膀。

夏光朝着苏曦止的方向，迈了一步。于是，他微笑起来，散发出惊人魅力，就像太阳，温暖又灼烧致命。

“相信我。”他愉快地说道。

夏光又踏了一步。

顾天站在夏光和苏曦止之间，尖锐的牙齿瞄准了苏曦止的脖颈。

“不！”夏光尖叫，猛地从床上弹了起来。

随身听移动中掉在了地面上。灯还开着，夏光和衣坐在床上，鞋都没脱。

墙上的时钟，滴滴答答，才早上五点。

夏光呻吟一声，倒回床上，翻了个身，把鞋子踢掉。但太难受，挣扎了好一会儿，她才下定决心从床上爬起，打开电脑。

点开搜索引擎，一番犹豫，输入了一个词——

外星人。

首先出来的是影视大片和赚取噱头的角色扮演。夏光将条框下拉，莫名焦躁且没耐心，仿佛期末将要拿到试卷的沮丧孩子。

各色新闻夺人眼球，几番甄别，她找到了个比较可信的网址——UFO finding。

迫不及待地打开，夏光飞快地关闭所有一闪而过的广告。最后，整个屏幕被清空了……简洁的黑白背景看上去很有学术气氛。

首先映入眼帘的是《圣经》中的一句话——

God said, Let us made man in our image according to our likeness.（上帝根据自己的形象造人。）

夏光困惑地小声嘀咕，又发现了几篇有关史前人类的论文，其中多从《河马史诗》中提取相关描述片段进行实地论证，说明人类曾经拥有过超越现代智慧的科技。并列举了多个远古文明，比如危地马拉一万年前的史前文明和古老的亚特兰蒂斯沉没。还特意说明了地球上曾经出现过的超自然现象。比如德克沙斯州厄尔巴以南400公里，墨西哥北部偏僻崎岖的高原沙漠，当地把它称作“Zona del Silencio”寂静区。

两个文明的交汇场。

最后，一张相传是从撒哈拉沙漠深处挖出的干尸外星人成功地吸引了她全部的注意力，排骨一样瘦小的躯体和大大的脑袋完全不成比例。

夏光一阵发晕，不由得重重合上笔记本电脑。

不对，全都不对。

封存在心中的谜团。为什么事到临头却害怕知道？她开始迁怒于整个多雪又阴冷的冬季，看着床头一张张有些老旧的海报，忽然迫切地想要离开这狭小的出租屋。

天阴沉沉的，没有下雪。

路上人流涌动，夏光信步而走。等她回过神来，马路房屋都消失在视线尽头。寒冬腊月的街心公园，枯枝败叶，大雪深沉，一只松鸦嘎嘎叫着消失在天际尽头。

不远处国旗在漆黑的枝丫上化作一个小点。夏光不由自主地顺着脚下羊肠小道绕过一棵棵云杉，仰望高大建筑物上岁月的斑驳。

曾经的校园似乎变得很小，天台广大而空旷。夏光毫不费力地爬上顶楼，在原来待过的班级门前停住。

绿白相间的老式墙面一侧，她竟找到了曾经使用过的课桌。桌子腹部，有行娟秀的小字。

我喜欢你，苏曦止。落款是未名。

卑微的、没有名字的，却想告诉你。

眼泪让视野变得迷蒙，夏光忽然明白自己在焦虑什么了。她来错了地方，她早该知道，这些回忆、这些场景，就像重复的梦境，永远也无法走出。

害怕！

害怕十年前苏曦止有着一定要离开的理由，更害怕他的理由背后是她无法接受的现实。

水下那一幕犹如子弹击碎了她的心脏。

这些年，夏光一直有种隐隐约约的感觉，在苏曦止离开她的那个炎热夏季，身体逐渐发生了一些变化，逐渐和普通人类不一样了。

被延缓的衰老，能够脱离身体，独立存在于其他地方的意识。水下苏曦止紧握着那把刺向她脖颈的尖刀，犹如无法摆脱的噩梦。

他不爱你，你一直知道。

不然那时不会想要杀了你。

夏光狠狠闭上眼睛，拼命强迫自己冷静下来。苏曦止到底是一个什么样的存在？当年的UFO事件如果是真的，他一定和那神秘事件脱不了关系。整个顾家对隐私的保密程度和低调都足以让人疑心。

他们……会不会都不是人类？

如果苏曦止真的是个外星人，她要怎么做？

要怎么样去面对？

脑内一片混乱，夏光加快脚步走出校园。短暂停歇的风雪又洋洋洒洒地降临在了这个寒冷的冬季。远山被盖了头白，缥缈的雾气游荡在空气中，无数行人捂着围巾头套步履匆匆。谁也看不见她失魂落魄的眼。忽然，手机铃声响了起来。她下意识地按了接听，杨晓的大嗓门充斥耳畔："哈哈，今天我总算整到了杜纯纯，要不要听听姐的光辉事迹？"

夏光点点头，一阵风从高楼之上席卷而下，将围巾吹起挡住了视线。下班高峰期的街道上全部是人，在学校附近的十字路口，一些投机的小商贩推着推车卖着各色小吃，道路上还有市政铲雪车清扫积雪，一堆堆和漆黑垃圾搁在一处。

耳边是叫卖和鸣笛，夏光听着杨晓绘声绘色地讲述她的绝地反击，不由得笑出了声，方才糟糕的情绪被一扫而光，清冷的阳光似乎也有了丝温暖。

一群住在附近的孩子，从她身前一哄而过。其中一个在路边冰面上猛地摔了一跤，跌跌撞撞地爬起，却笨拙着又摔了一跤。

夏光看着手机，下意识地抓住了孩子的胳膊。打滑的脚绊住了夏光，二人一起摔倒。

这时，一个古怪的声音从不远处传来。

那是一声骇然的尖叫，然后迅速变成一片尖叫。夏光吃惊地抬首。

那瞬间，她能看见好几件事情，没有一个像电影中那样，用慢动作进行着。事实上，是奔涌的肾上线素让大脑运作得更快了，使她能够同时专注于几件事的细节。

无数张惊恐的脸瞧过来，仿佛一片海浪。

一辆打滑的、轮胎锁死的浅绿色宝马，发出尖锐的呼啸声，从旁边的停车场内呼啸而出，它疯狂地旋转，沿途撞翻了好几个摊位，大叔大妈们纷纷尖叫着跳开。身后正常行驶的一辆货车显然也被这突如其来的变故吓傻了，司机试图朝街边躲避。

夏光拉住孩子的手，被两辆车夹在中央，甚至没时间闭上眼睛。

在听到轿车冲上身后的货车车厢的毁灭性碾压声后，某个硬硬的东西撞上了她的头。

磕在结冰的柏油路上，夏光感觉一个又冷又硬的东西把她按在了地上。她没机会再注意别的事情，因为相撞之后毁灭性的惯力，让那辆失控的轿车后尾又奔向了街边花坛，旋转着，打滑着，即将再次撞上她。

一个人在头顶上方啧了下，而这个声音，夏光绝不会认错。

苏曦止伸出一只手臂撑住轿车前部，“砰”的一声，让它停在了离夏光的脸只有几十厘米的地方。那双手嵌在车头一侧，划出深深的凹痕。

而后，一只手撑住轿车，另一只手将夏光和小女孩拖开，一阵金属的碰撞声后，货车倒在地上，玻璃爆裂，迸溅在柏油路上——那恰恰是一秒前，她双脚所在的地方。

沉默弥散在空气中，几秒钟后爆发出一阵尖叫。在这突然的骚动里，很多陌生人向她跑来，但比一切都清晰明了的是视觉冲击，苏曦止额头上的血液缓缓低落。耳畔，是苏曦止低沉而狂乱的声音："夏光，你没事吧。"

夏光的眼睛豁然睁大，猛然记起方才生死一瞬，来不及躲闪的苏曦止将她牢牢地护在身下。她不可抑制地发抖，猛地推开他，眼泪流淌出来，愤怒地喊道："你为什么要这么做？"

"你在看手机，我准备喊你，我就站在你身边。"

"不对！"夏光摇头，挣扎着坐起。苏曦止松开她的腰部，迅速而安静地退到这个狭小空间所能允许的最远地方。如此近距离的凝视那双明澈纯净的眼，她一瞬间又迷失了，想说什么来着？

苏曦止抿了抿嘴唇，笑出了声，亲昵地刮了下她的鼻子。

"你不是盼着我早些死掉吗？为什么要救我？"夏光回过神来，撇开他的手。鲜血顺着他的面颊一滴滴流下。她更加愤怒了，凌迟般的痛感如此清晰，牵动着回忆。

公安局档案室内，在杨乐慵懒的笑容里，那一张张鲜血淋漓的照片，就像一个个令人恐惧的噩梦。

苏曦止被夏光的过激反应怔住，皱起眉头。这时，人群围了上来，纷纷七嘴八舌询问伤情。

"你以后离我远一点。别再出现。"夏光推开他，"我不想知道你的那些秘密，也不想知道你方才是怎么一瞬间出现在我身旁的。你的一切，从今往后，和我没有任何关系。”

我不愿意你死，我宁愿自己去死。

“到底怎么了？”苏曦止担忧地问，“我又做错了什么？”

“没错！太对了。”夏光站起身来，“你只是救了我。我错了，全部都是我的错。”

“你不要这样，我不知道用什么样的表情面对你。”

“那更好。我啊，其实就是这样讨厌的一个人呢。”夏光猛地冲出人群。

肮脏的雪覆盖着大地，整个世界寂静又孤独。苏曦止被淹没在那片人海中，眼底幽蓝火焰如在深渊内闪烁，最后消失在一片漆黑之中。

她无理取闹，他对她失望至极。

夏光失魂落魄地埋头朝前冲，等完全迷路后，蹲在人流涌动的大街上，压抑而疯狂地大声哭泣起来。

“我哪里都不去，你一定要等我。”回忆中，别离时笑得一脸星光灿烂的少年，最终还是被她弄丢了。

我的整个世界其实只有你啊。

地铁出站口，行人匆匆而过。城市太大，有多少悲伤便有多少欢乐。眼泪头发被寒风一吹，全部粘在了面颊上，夏光蹲在角落里直到两只脚发麻，也没能站起来。

悲伤犹如潮水涌动翻滚。离开苏曦止带来的不是新生，而是片寂静无声的永恒荒原。

不知过了多久，一只脚出现在她的视线内，递来张纸巾。夏光摆了摆手，没精打采地生硬拒绝道："不需要，谢谢。"

纸巾固执地伸在眼前，那人始终站在她的前方。夏光这才缓缓顺着裤管朝上看，苏曦止一脸笑意，又扬了扬手上的纸巾。

"你为什么又回来？"夏光红着眼问。

"你那样坏，又冲动，我当然想一走了之啊。"苏曦止道，雪花飘在他黑玉般的头发上，双眼明亮，犹如灿烂星河，"或者呢，耍个聪明，过几天再去找你。"

"但是啊……"苏曦止特认真地低下了头，看着夏光的眼睛，"我做不到呢。"

舍不得你伤心，舍不得你难过。

涌动的悲伤瞬间变成释然与无法比拟的安全感。夏光再也控制不住，冲过去紧紧抱住苏曦止。

A市的CBD高楼林立，繁华的购物广场上总聚集着很多造型奇特又风格各异的午后咖啡店。在一堆鲜花团簇的欧式风格小店内，杜纯纯殷红的嘴唇叼着根吸管，修长手指拿着只勺子搅动着杯玛格丽特。

很慵懒的午后。可她不安晃动的腿却暴露了此刻的心境。

三天前，她花了一大笔钱雇了一位私家侦探。相传此人本是国内著名警校出身，阴错阳差当了摄影师，挖到过不少一线明星的桃色绯闻。上天入地，无孔不入，特别厉害。

他们相约今天下午三点在此碰面，可如今已快五点，连个人影都无。

杜纯纯不由得开始东张西望，还将座椅搬到了面向人群的方向，可终无所获。

看来，顾家的绯闻顾家的机密确实不那样好打听。她有些泄了气，她和顾天的情路果然还很长。

顾天颀长俊朗的身影又闪进了脑海，杜纯纯越发有些不满了。为什么他总是离自己如此遥远？而平凡到掉渣的夏光却能变着方式羞辱他？

这个世界真是荒诞不经！她怒气冲冲地拿起挂在椅子上的包包，腾地站起，却忽然被一只手拉住了。

一位意想不到的人，映入杜纯纯的眸子。

“纯纯，你想知道什么，我直接告诉你好了。”顾天眉眼带笑。

Yu Shenming De Chulian

Chapter 6/永恒真相

长长的青石板像没有尽头，无数拐角，无数逼仄的走道。小贩们的叫卖与放学孩子自行车的丁零零响，组成了一首交响曲。夏光望着苏曦止后脑那簇冒出的头发，突然不知自己身处何方。他们走进老街最繁华的贸易大厦，狭窄楼梯被小商贩堆满各种杂物。人群摩肩接踵，每个人的眼中都有他人，可似乎谁也看不见谁。气氛慵懒而平淡，夏光却越发紧张起来。因为她明白，之后苏曦止展示给她的，将会是片前所未有的未知领域。她开始绞尽脑汁地转移注意力："你头上的伤好了吗？"

"原本就是点擦伤。"苏曦止无所谓地耸了耸肩膀。

"哦。那你真去医院了？"

"没有。我看你走掉了，我直接也走了。"苏曦止眨了眨眼，回头笑道，"其实那天额头一点都不痛，只是心很痛啊。"

看苏曦止骤然凑近，夏光脸红了，正准备说些什么，苏曦止拐进了一个僻静无人的仓库，仓库内堆满了各种商品。

两个房间，一大一小。顺着靠窗的走廊往前，苏曦止在较小的那个房间停了下来。

金色钥匙在手上闪着微光，苏曦止变魔法般将它嵌进一面光洁的墙壁上。

夏光凑近去看，发现并无异常，但随后二人竟踏上了一望无际的青草地。

草原通向天际。天的尽头，清澈蔚蓝的湖泊犹如藏着另一个世界。

夏光不可置信地揉了揉眼睛，人群消失了，身后是堵古老石墙，陷下去的凸起散发着沧桑岁月的味道。她下意识地抓住苏曦止的衣角。

“秘鲁的的喀喀湖旁的星门，也是神之门。传说印加的第一位圣王拿着金盘来到这里，将其镶入这个特别的凹陷，星门开启，再也没回来。换句话说，这扇门其实就是地球科学家在宇宙空间中殚精竭虑试图寻找的虫洞。”苏曦止道，“几十万年前，天狼星系的外星人由于自身世界的矿产资源短缺，曾沿着秘鲁海岸线开采金矿。由于光速飞船的负荷量并不大，所以有公司投放巨资在银河系的这颗偏远星球建造了一个运输通道。这个星门便是曾经那个浩大工程所残留的遗迹，只不过如今剩余的能量远远够不成一次星际旅行，但将其和地球上任何一个点相连还是异常轻松的。”

“你是说，我们现在在南美洲的秘鲁？”夏光瞪大眼睛，不可思议道，“这个就像是哆啦A梦的任意门？”

“可以如此理解，只不过我把入口固定在了那个嘈杂的商贸中心。这个装置相当精密，但材料有限，并没有配套的抗震防护，但照目前状况，地球人类文明发展水平，破坏掉它还是比较困难的，不需要花费太多心力。

“你不怕有人不小心踩进来吗？”

“这个地点，地球上加上你，知道的不超过三个人。”苏曦止扬了扬手中一串金色小钥匙，凑近笑道，“只有拿着它才能进来。”

夏光的脸顿时烧得通红。沿着的的喀喀湖沿岸行走，蔚蓝深邃的湖水如同海洋浩大渺远，广阔湖面吹来阵风，夏光抬头看着对岸绵延不尽的雪山，尽管脚已走得酸痛不已，但整个人似乎静止在了画面中央。

爬上高高山丘，夏光气喘吁吁地抬头。湖泊在这个角度尽收眼底，层积云低低压下来，一座古印加时期的残破石门，长满了无数色彩艳丽的小花。沿着被荒草掩埋的小径，是整个湖区的最高点。

风与湖水万年吟唱。

四周古老而肃穆。夏光看着站在斑驳石门旁，抬头仰望苍穹的苏曦止，心中升起丝强烈的虚浮感。

红梅飞雪的白衫猎猎作响，俊美无匹的侧颜在强烈的光与影中犹如古希腊时期存在于传说中的神祇。夏光心中产生了股锥心的绝望，这样完美的人，不可能属于她。

云层渐渐聚合，整个突出的山坡如一只腾跃出水的巨龙。苏曦止似乎在等待着什么。渐渐地，厚重的云层开裂出一丝小小的缝隙，犹如一条连通人世与天空的隧道。

明亮又微小的光芒。

夏光忍不住揉了揉眼睛，难以相信自然界居然有如此鬼斧神工的景象。光线缓缓扩大，明黄的光辉形成一个近乎完美的圆，圆中阳光犹如薄雾般填满整个空间。她不由自主地走过去。柔软的芳草，摇曳的花朵，还有温暖的、染成金色的空气。

苏曦止朝她招了招手。

夏光向他走近一步，眼睛被好奇点亮。她谨慎地看着他，犹豫又慌张，心跳在这一刻成了唯一的声响。

苏曦止深吸一口气，一把拉起夏光穿过那扇古老的门，奔向悬崖。

心腾空，尖叫声在喉咙里转了好几圈，夏光这才发现自己没有下坠，眼前湖水消失了，一块陆地出现在方才悬崖所在的位置。它无限延展开，中心处是棵古老橡树，枝繁叶茂。

夏光恶狠狠地朝苏曦止的胸口捶了下。他调皮地吐出舌头，声音里是压抑不住的笑意："很少有人这个时段自杀，就算心如死灰，景色这么美，谁又舍得？"

树干上系着无数根红绳，铃铛随风发出空灵声响。苏曦止走近它道："这世间所有东西遇上时间都会消亡殆尽，除了活着的记忆。"

不同于地球上任何其他植物，巨树在风中微微晃动，摇曳下一地光影。夏光盯着它，发现自己恍惚能看见头顶上方的巨大果实有如太阳般金光耀眼，它缓慢伸展着腰肢，轻摇款摆。

“最低等的文明可以利用各种金属物质制造工具。高等文明的手则是伸向有机世界的。”苏曦止顿了下，“DNA才是整个宇宙最大的存储单位，它可以携带的信息量，远远超过想象。天狼星的外星人创造了这棵树，用来和未来人类交流，并作为文明到达地球的纪念。直到整个太阳系终结，它都不会消失。”

苏曦止抚摸起树干上的壁画道：“你一定好奇天狼星人到底长什么样子。他们是鸟，自由飞翔的小鸟，就像圣经里的那些美丽的天使，完美精致，拥有无比华丽的翅膀。人类虽在外貌上与他们相似，但实际却差得太多，看起来就像一个个残次品。”

夏光瞪大了眼睛，不安地摸摸脸。

“你想说，他们都应该和我一样漂亮、一样强大，对吗？”苏曦止的声音忽然变得很轻，充满了诱惑力。

夏光的脑子一片轰然，情不自禁地看着他的眼睛。

“不，他们其实很脆弱，比人类更容易生病死亡，四肢纤细，无法从事繁重的体力劳动，也更依赖稳定的环境，就像笼中娇小的金丝雀。而我，并不是他们……”苏曦止突然将手伸向那棵巨大的犹如太阳般的果实前，白皙修长的手指间仿佛被晕染了一层淡淡的红晕。他的侧脸犹如刀刻，白色衣襟下的身体匀称健美。

身影映着瑰丽金色光芒，风动影动，原本苏曦止站立的地方，忽然空荡如野。

夏光转身，发现苏曦止也并没有站在身后，也没有在她以为她在的任何地方，他消失掉了。

一阵恐惧袭上心头，但最终在高耸的树顶，她看见站在一片树叶上的苏曦止。那是个违反地球物理学定律的姿势。眼睛被一大片树荫遮挡，他谨慎又认真："我不想让你害怕。"

夏光听出他语调中的疑虑，咬了咬嘴唇："我并没有真的害怕，只是确实在考虑这件事情。"

鼻尖掠过阵风，苏曦止俊美的脸庞忽地贴了上来。

"你说，这世间有没有谁的存在，是专门为了另一个人？"

夏光被深深震住了。苏曦止靠得极近，微弱的呼吸喷在她脸上痒痒的。她不由自主地、贪恋般地举起他的手臂，轻柔地抚摸过手臂上完美的肌肉，跟随他肘弯上浅浅的淡蓝色静脉纹路，发出声叹息。

苏曦止微微眯起眼睛，呼吸中有着让人无法抗拒的香气，夏光脑子晕乎乎，靠着本能凑了上去。但是他又消失掉了，再次回到那棵巨大的树木上。俊美面庞上的表情变得更加难懂，眼神中闪过丝杀气，手狠狠地击打在树干上。在令人恐惧的炸裂声中，树顶的果实倾斜了。

风在颤抖。

恐怖的力量。

夏光的心被刺痛了，她痛苦地低下头："对不起。"

"不。"苏曦止的声音冰冷而克制，在漫长的等待后，他嘴角带着丝笑意，眼中尽是绝望，"我是这个世界上最俊美的人不是吗？夏光，即使你根本不爱我，但你却没法抗拒我。我不只是拥有地球人和天狼星人都无法企及的力量。我的声音、容貌，甚至气味都能蛊惑你。你逃不掉，也走不开。”

我是为你量身定做的，用来杀掉你的，最好工具。

“我啊，并不是外星人，更不是地球人。如果说十年前的我，还是一个活着的生物的话。那么十年后丧失记忆的我，应该只是机器。”苏曦止突然抽出那把挂在腰间的古刀，刺向修长的手臂，伤口处没有鲜血，翻开的皮肉内闪烁着金属的光泽。

夏光捂住嘴巴，惊骇地后退一步。

“身体除了这里，都是死的。”苏曦止敲了敲额头，“但也并不完整，记忆被清除掉了。”

苏曦止轻描淡写，似乎说着别人的事情。

眼泪顺着面颊流淌而下，那是无法遏制住的悲伤。夏光一动不动，比曾经体会到的感觉更加惊恐害怕。

从未见过苏曦止如此彻底地从那张小心翼翼又充满神秘感的假面具下解放出来，也从未这样体会到他内心深处流淌出的悲哀。

他不是没有记忆，而是整个宇宙最孤单的孤儿，不属于任何地方。

苏曦止为这一瞬间的鲁莽而变得闪闪发光，但随着时间的流逝，他的脸变成了一张很悲伤的面具。

“你讨厌我吗？”他喃喃低语道，温柔的声音充满了无声的诱惑。夏光的心在这一刻被击穿。他问的是你讨厌我吗？而不是喜欢。他是苏曦止啊，那个永远阳光、永远强势的少年。

“我保证……”他犹豫了一下。

“我希望自己能不要伤害你。”他道，“虽然，十年前死去的我，再次被唤醒的目的，似乎就是这个……”

他走得更近了些，等待着，可夏光发现自己依旧无法说话。

“至少，今天不会。”他眨了眨眼睛。

夏光不由得笑了起来，但声音很虚，几乎透不过气来。

“你还好吧？”苏曦止体贴地问，慢慢伸出手，小心地将夏光的手放在他手心。

看着他掌心的纹路，夏光抬头笑了笑。

苏曦止眼睛一亮，笑容仿佛瞬间能点燃星空。

夏光彻底沉默了。

“你不需要说什么。”苏曦止忽然道，“这个给你。”

金色钥匙发出叮铃叮咚的声响，滑落在手心，冰冷沉重。

“你问我十年来的秘密是什么。如今，这就是地球上最大的秘密。”苏曦止道，“你拿着它，是制衡。如果某天我不得不伤害你，你可以用它来要挟所有人。不管是天狼星人还是地球人，谁都不希望自己的存在成为公开的事实。”

要挟？一份名为安全感的礼物？可背后的力量却能毁灭地球？

“当然，我百分百确定不会用到它。”苏曦止眼中闪过丝挣扎之色。

钥匙上的小水晶在阳光下闪动着瑰丽色彩。夏光忽然想起今天是二月十四号情人节，这是苏曦止送给她的第一份礼物。

她将它戴在脖子上，那些无奈与惶恐在这一瞬间烟消云散。亘古空间中，整个世界刮起了阵舒缓的风，眉眼发梢尽是温柔的笑意。

夜晚大雪依旧在下。覆盖在曲曲折折的胡同里，整个地面反射着清冷的光泽。

从商贸大厦走出，夏光和苏曦止分道扬镳，远远看去，如两个小点消失在街道与人群中。

大厦顶部，月光映雪，一片明朗，但房屋的阴影里，似乎有什么古怪的东西在疯狂而得意地扭动着。

“他们都背叛了你，这就是证据。”一个邪恶的声音在顾天的身后响起，仿佛拥有了实体，蛇般爬上他的后背，让那件淡蓝色的羽绒服烙上了古怪的黑色图案。

“背叛？”顾天笑出了声，“当年，应该是我先背叛了他们。”

“不，你没有背叛他。苏曦止是咎由自取。”黑影循循善诱，“你想得到夏光对吗？只要照做，神明自然会还给你一个完完整整只爱你一人的夏光。”

“只要照做，她就会喜欢我？”顾天喃喃道。可世间哪有那样简单的事情。他没有再理会黑影，仿佛痴了般望着夏光离开的那个小点，忽然拨通了电话。

“嘟——嘟——嘟——”

他默默数着。

“嘟——嘟——嘟——”

如果接通。

“嘟——嘟——嘟——”

我就接着喜欢你。

可直到最后的忙音，直到寂静的宇宙中再也没有回音。

数到地老天荒，你依旧没有回来。

啪！

孤单的合盖声。

不是不喜欢你了，而是割裂般的痛，让我背叛了你。

不是不爱你了，而是那一刻，忽然，恨，多了些。

“神无所不能。”黑影满意地品尝着顾天的绝望。

“我信不过你。”顾天的眼中闪过丝阴狠的光芒，脖颈处的飞鸟发出刺耳的鸣叫声，“当年，你也是这样利用我的。”

“你没有更好的选择。”

“是吗？”沉默许久，顾天冷笑一声，“那做场交易吧。你也没有更好的选择，不是吗？”

Yu Shenming De Chulian

Chapter 7/灭世业火

商贸大厦被分作东西两部分，东边是前几天苏曦止和她去的那片小商贩聚集区，而西面则被改造成了大面积商务区。穿过华丽的玻璃柜台高档化妆品区，夏光找到了那家装修别致的小咖啡屋。她掀开厚厚的围帘，暖烘烘的壁炉让人顿时忘记了冬日的寒冷。

夏光在角落找到了前几日给她打电话要求合租的女孩。绯红色的长款风衣配上荷瓣般的小脸，显得尤为娇俏可爱，她活泼地挥了挥手。

“你好，我叫小晏，刚来这座城市落脚，请多关照啦。”女孩腼腆地笑了笑。

二人吃过便饭，夏光一路领着她到自家房屋内转了转，顺便让她熟悉了下周边环境。

女孩既没要求什么，也没对租金讨价还价。这让夏光这个在同城租房网上挂了大半年广告的人大为感动。到了下午快吃晚饭时，二人已打成一片。夏光拍了拍胸口，表示这顿她请了。

“中午喝茶的时候拿了张路边传单，烧烤价格公道，似乎很好吃！”小晏道，“上面还有优惠券。”

“那里啊。”夏光有些犹豫，“其实我们住宅区下面有家闸蟹就很好吃啊。”

“远一点儿也没关系。”小晏撒起娇来。

为了不驳新室友的面子，夏光这个房东自然笑嘻嘻地答应了。穿过往日跑步的小巷，顺着逼仄的羊肠小道往上走。前日苏曦止漫步走在前方的身影幻觉般浮现在前方。

人群熙熙攘攘，心，突然空了下。

“你怎么了？”小晏拽了拽夏光的袖子。她慌忙摇摇头。可站在巨大的玻璃柜前，夏光又不可遏制地走神了，虽已竭尽全力不再去想，可那些谜团终如雾气般将她层层包裹。

如果一切真的和外星人有关，那么既否认自己是人类，又否认自己是外星人的苏曦止到底是个什么样的存在呢？

十年后，他全副武装再次出现，居然只为杀掉自己？夏光不由自主地将手对准房顶电灯。天狼星计划不可能针对个体，这必定和整个地球人类的命运相关联。可自己只是个普通到不能再普通的人类啊。

到底是什么原因？

十年前，有什么秘密在黑暗中生根发芽？

想对他笑，想再次靠近。可如果最后的结局居然是拔刀相向，甚至撕破脸，捅出苏曦止最在乎的秘密。我，宁愿失忆，宁愿从未靠近。

下意识攥住胸口金色的钥匙，夏光埋头吃着烧烤。

小晏兴致勃勃，可面对夏光兴趣索然的脸，她不久也沉默了。气氛尴尬了片刻，小晏整理了下包包，找了个理由，笑着说抱歉去了厕所。

夏光歪着头，看着一桌狼藉，喊了声服务员买单。

冬日夜晚无星无月。夏光冷得直跺脚，站在风口处，等了很久也不见有人。她拨通了小晏的手机。

老式商贸大厦内，小商铺鳞次栉比，只留中间一条窄窄的走道连着楼梯。

几次都是占线，夏光着急了。有些害怕这个初来乍到的女孩在这迷宫样的狭窄走道内迷了路。周末商场弥散着一股闲适气息，每个人的脸上都带着淡淡笑意，虽然拥挤，但并非无序。可突然，这种气氛被人为打破了。仿佛晴空炸响声惊雷，一个慌乱的黑色影子出现在楼梯口处，喊了声“着火了”。

火？

未等反应，夏光便被如潮的人流撞到了。她艰难地抓住饭店旁的门栏，勉强维持着站立的姿势。

黑色烟雾在火光中不断涌出。咳嗽，气喘，骚动。房顶上报警声尖叫刺耳。

火从窗户内喷涌而出，犹如在漆黑暗夜中点燃了无数炮筒。黑压压的人如蚂蚁涌出大厦，小商小贩的格子间内摆放着成堆零碎小玩意，瞬间被点燃，一切化为乌有。太快了，简直无法控制。

夏光踉跄着跟着人群，人们疯狂往外跑。夏光感到了阵阵绝望。

烟雾浓了，窒息感和绝望感犹如这四起的大火将人包裹住，无处可逃。

夏光张皇四顾，闪进一旁的店面，顺手从桌上拿出瓶未喝完的饮料，慌慌张张打湿外套，捂住口鼻。

几米外响起一女子撕心裂肺的尖叫。夏光重心不稳，脚下一滑，也摔倒了。

头顶的光越来越小，疼痛以及拉扯感从四肢末梢传来。但下一秒后，一只手猛地扶住她。

夏光惊喜地喊了声："小晏。"

"这边。"小晏紧紧拉住夏光，艰难地朝一旁的仓库跑去。撞开大门后，她用力扯开包装完好的衣服，将其绑在凳子上，撕扯成条，堵在门缝中。

做完这一切，房间内弥散的烟雾似乎小了些。夏光瘫坐在地上，气喘吁吁："谢谢。"

"不，我要谢谢你。"

"怎么会，我什么都没做呢！"夏光摇了摇头，"真的谢谢你，谢谢你救了我的命。"

"不，其实是你救了我。"小晏脸上是如释重负的表情，开心到整张脸犹如风干的橘皮起了褶皱。夏光不自觉跟着她笑，可表情渐渐凝滞住了，她面色越来越难看。那张鲜活的少女面庞凋谢衰败。牙齿脱落，身形佝偻，头发花白，唯独那双眼依旧闪烁着兴奋的光芒。

夏光惊恐地捂住嘴巴，向后退了几步。

可小晏浑不在意，她兴奋地在房间内走来走去，身形和一个半百的老妇无异。她颤抖着、嗫嚅着，拨通了电话："曦止，我是晏生。我……我抓住她了。那个女孩！哈哈，她跑不掉了。四周都是火。都会死！哈哈哈哈！全部会死！哈哈哈！你快点来，拿到她的血，我们就不用再被神明惩罚了，也不用担惊受怕了。"

晏生形容癫狂，望着夏光的眼中尽是贪婪与憎恶。

夏光震惊。

"曦止，我已经做到这步了，不要让我冷静，已经回不了头了。血腥的事都由我来干吧。"晏生的声音中带着苍凉，眼中闪过丝决绝，"即使你恨我，我也会去做，因为，我爱你啊。"

黑暗中，手机白亮的屏幕闪了闪，熄灭了。接下来是长久的沉默。浓重的黑暗被搅进了一股令人窒息的恐惧，在渗透，在低语，在嗤笑。

蚕食仅剩的希望。

前方的铁门被锁死，烈火爆裂声伴着尖叫与呼救隔绝在外。四周是堆积如山的杂物，身后的窗户，是十八层的高空。

有没有什么地方，能逃出去？

嘿嘿嘿嘿……可怖的笑声从干瘪的嘴唇中泄漏而出。

可能方才变成如此美丽的少女耗尽了身体内所剩无几的能量。晏生犹如具干尸，动作僵硬而畸形。

一步步靠近。

夏光大脑一片混乱，她恍惚从晏生的嘴里听到了苏曦止的名字，但一切都不再重要。

无处可逃。

晏生拿着方才塞门的布条，手上力气奇大无比，狠狠勒住夏光的脖子。

冬日惨白的世界被烧红了半边，融化的铁水自苍穹倾倒而下。火光映着孤星，寒冷闪烁着。

这个世界，有神明吗？或许早在数万年前已化作整个世界的风，无影无踪。

天空和大地相伴沉没，黑云遮住了月亮。一颗孤星犹如粒粉尘，渺小而持续地忽闪着。数万年的光阴，就在这黑幕般寂静的天空中流逝。每一道光都是位孤寂的旅者，久到等于时间本身。

可如今，似乎有什么东西将要在这亘古的荒凉中骚动嘶鸣了。

可笑的人类的爱？

风雪疯狂地吞没了整座城市，仿佛一大堆杂乱飞行的虫蛾在焦躁冲撞。苏曦止抿住嘴唇，身形快得像道白色闪电，他灵巧地在漆黑又高低不平的顶楼上下跳跃。幽蓝色的瞳孔中映着远处冲天的火光。从高空俯视，各种高压水枪和红色消防车犹如玩具杂乱堆放，长长的救生梯仿佛一支支伸向天际的光线，呼喊声刺破天际。

黑压压的人群聚集一处。

苏曦止皱着眉头，晏生的名字在手机上一直闪烁，却通不上话。他烦躁地又拨了一遍，空洞的嘟嘟声在嘈杂的背景下，仿佛一声声紧张的心跳。

冒着火的窗户不停发出刺耳的爆裂声。每一分每一秒，都有生命在火海中被吞噬。情况太复杂了。苏曦止既看不见夏光，也听不到她的声音。浓烟与嘈杂的人声充斥着整个空间。最近的一栋楼太低矮，和商贸大厦还隔着宽宽的一条大街，并不是过不去，只是……

“哥哥，我告诉你他们在哪里吧。”房顶的阴影内，忽然传来声轻微的嗤笑。顾天西装笔挺，一脸轻松地走到宽阔的平台上。他的脸一半汩没在阴影中，一半映着雪色，就像天使与魔鬼的灵魂同时降临其上，带着诡异的美感。但“砰”的一声，汩汩鲜血便顺着他黑玉般光泽的发丝流了下来。

苏曦止面无表情地站在他的前方，一只手掐住了他的脖子：“不管你耍了什么手段，告诉我夏光在哪里。”

顾天摸了摸嘴角的鲜血，笑了：“哥哥，你难道不好奇，我是如何指使晏生去杀掉夏光的吗？”

“你没法指使，她不会信任你。”

“对啊。看着自己的主人在歧路上越走越远，看着自己的生命在恐惧中不断消逝，她也不会信任我的。”顾天毫不生气，拿出手机，漫不经心地读道，“晏生，十五岁在维也纳金色大厅举行个人钢琴演出，二十一岁耶鲁大学天文学博士毕业，四年全额奖学金获得者，出身富商家庭……这样的精英女孩即使被逼到精神崩溃，也不会笨到相信敌人。可哥哥，我是你的敌人吗？”

苏曦止的双眸中那抹幽蓝越烧越旺，他看着顾天，沉默了。

寒风之中，雪花顺着高楼间的通道呼啸飘飞，打在脸上柔软中带着强劲力道。顾天从喉咙里发出声冷笑：“哥哥，她没有理由不相信我啊。这世界，我和她才是唯一的同类。你从心底便知道，我们一点都不像。哥哥？主人，你怎么可能是我的亲哥哥？”

苏曦止震惊地望着他。没有谁比他更了解这个词背后的含义。数千年来，被天狼星流放到地球的囚徒，获得了神般的地位，可由于身体的缺陷，大都短命。只能和人类的孩子签订契约。孩子发誓效忠获得力量，而主人则依赖这种新型的共生关系，逃避地球法则，避免因不适应环境而面临死亡。

如果十年前的自己和顾天是守护者关系，那么就意味着自己也是天狼星人的一员。可，隐隐直觉又有哪里不对……他被制造出来后，立即被高层定为S级危险不可控。母星曾尝试寻找更优目标来取代他，可实际上和人类签订契约的天狼星人，只能运用这种共生关系艰难地维持生存。终生生活在轮椅或者暗房中。据夏光的回忆，十年前自己不仅能正常生活，还能进入人类学校。

那种一来地球上，即使用尽一切尖端科技也会瘫软成一堆烂泥的外星人，怎么会是他的曾经？

顾天脱下黑色外套，扯开领口，露出黑色飞鸟印记，鸟儿发出愤怒的鸣叫，紫电在地面上游走。

“如果我心怀恶意甚至背叛。这个契约印记和我大脑思维相连，会从内部将我焚烧殆尽。获得你们赐给的力量的同时，也要接受最严厉的惩罚，这大概就是人类和神之间最讽刺的纽带，敬畏又崇拜，可悲，晏生可以不相信我，可她不会不相信它。”

“你想得到什么？”

出乎意料，顾天根本没卖关子，指了指商贸大厦第十九楼的一扇窗户。

“那是陷阱。”苏曦止面无表情道。

“哥哥，如果我真想害你，我也会死啊。”顾天的脸上露出恶作剧的笑意。

苏曦止一动不动地望着顾天的脸。他不得不承认顾天是对的。顾天不可能害他？那他的目的是什么？

下方聚集着黑压压的人群。无数盏灯，无数的视线。大火已经烧掉了所有往上的通路，距离商贸大厦最近的一栋高楼被架起了天梯。火舌肆意舔舐着，一个消防员颤颤巍巍地在腰间系好绳索，探了下去。但纵使再努力，能够做出的成果依旧微乎甚微。

没有人能够上去，亦无人能下来。那些呼号着的生命，只是时间流逝上将落未落的水滴，马上要被烈火烧成一缕缕青烟。

情况太危急了。无人能救。

A市调来的直升机在楼顶上空盘旋着，记者手中的摄像头，连接着整个网络。

视线，还是视线。

苏曦止猛然明白了顾天的阴谋，他并不要他的命，而是要他的秘密。所有机械都无能为力时，他飞身出现，跳过数十米远的高楼，将吸引所有人的目光。不管是蒙着脸冲进去救夏光，还是冠冕堂皇地出现在大众的视线里，一切都将暴露在青天白日下。

人们会发疯一样挖掘那道身影背后的一切，A城所有曾经发生过的，已经被掩盖的秘密，都将在苏曦止用一种人类无法做到的动作到达火场的那刻，彻底曝光。

到时，伴随着顾天的倒戈，再没有一个实力强大的顾家在背后打点掩盖这一切。

不仅如此，对面亲切称呼自己为哥哥的男人，还会用尽周身所有能耐，将秘密连根拔起。杀伐果决，一招毙命。而且他手上，可能还有更重的砝码。

很多年后，自己会退化成教科书上一个简单的铅字，叙述人类与其他文明间的首次接触。

天狼星人隐藏的秘密，整个人类的起源，还有宇宙间的因果轮回……仿佛一串串流火在眼前闪动，纷繁复杂又灼烧人心。

目标是隔着数万光年的两个文明。

疯了，真是疯了。

"你这么做，它就没意见吗？"苏曦止用眼睛瞟了瞟顾天的影子，指意明显。

"这不是你该关心的。"

"一旦秘密暴露，他们也不会放过你。"

顾天一动不动地望着苏曦止的眼睛，忽然发狂地大笑起来："哥哥，你还是关心好自己。宇宙中相遇即毁灭。不管他们曾经多么渴望在其他星系中寻找到伙伴，即使是后者创造了前者，但生存空间有限时，也免不了互相杀戮与侵虐。你认为你最希望保护的人类将会如何对待你这个外星人标本？哥哥，你自诩是所有人类的保护神，可你不过是这场超大游戏开场的祭品罢了，最讨厌你那副世界拯救者的嘴脸，实在是太天真了。你救得了谁呢？不光救不了自己，连自己心爱的女人都救不了！"

仿佛地狱来的恶魔，黑玉般的发丝被雪花打湿，映着那双漆黑深潭般的眼，顾天试图品尝苏曦止的绝望，他等待这样一天等了很久，这个犹如神祇般高傲的男人，如果能匍匐在他的脚下……如果……

但没有，什么都没有。原本可以照见世间繁华的双眸仿佛黑洞般望不见底，最深处燃起簇幽蓝而冷酷的火焰。苏曦止陷入长久沉默，他低下头，又抬起，发出声轻笑："我承认你是个合格的对手。"

孤注一掷，勇敢无匹，势均力敌。

"所以你害怕得发抖了吗？"

要不你心爱的女孩死，要不永远当个废物。

"不，是兴奋到发抖。"苏曦止道，他猛地伸手掐住顾天的脖子，将顾天抵在墙壁上，朝上举起。飞鸟在顾天的锁骨处发出刺耳鸣叫，光芒将二人包裹。这是绝对压倒性的力量，普通人类毫无招架之力。顾天感觉自己脖子咔咔作响，他无法说话，空气在肺部转了个圈，他不由自主地仰起了下巴。

“告诉我怎么上去。”苏曦止眼中闪动杀意。经过几天的观察，这个顾家弟弟确实足够聪明，可太聪明也未必是好事。顾天已经习惯在任何情况下给自己留条后路，他一定知道如何既能救夏光，又让秘密不被知道。

顾天嘴角滴出了血，重重摔在顶楼的地板上，喘息着呕吐着，仰面痴痴笑了起来：“哥哥，你觉得我对夏光还有感情？没错，我就是很喜欢她，喜欢到即使是你的女人也要抢过来。只是啊，我有感情洁癖，需要她随时随地想着我，整个世界只有我，如果她爱你，我宁愿不要。所以，我不去救她，也不允许你救她。”

她只能救她自己。

“什么意思？”

“哥哥，你输就输在总喜欢将一颗心毫无保留地掏出来，却不想会不会被背叛。”顾天指了指商贸大厦，“如果可以，我希望把毁灭世界的按钮放在心爱的女人身上，让她主导这场游戏。看她到底是选择你，还是选择她自己。”

“晏生告诉你我把钥匙给夏光了？”苏曦止的瞳孔骤然收紧。

顾天的笑容犹如罂粟花般招摇明丽：“你们交换的信

任，最后只是场完美的背叛。”

钥匙打开神之门。那东西将会以一个超脱人类想象的姿态，出现在视线中。

会失控。

顾天得意地笑了。

人，不会被别人打败，总是自己先投降。

神，也一样。

夏光仰面躺在地板上，灵魂在空中游荡，世界成了片模糊的黑白影像。她能够看清晏生脸上每条皱纹，又似乎什么也看不见。怎么办？不想死。

怎样才能不要去死？

火舌在门外疯狂舔舐，记忆无比混乱。

甬道的尽头，是那片蔚蓝的的的喀喀湖。

苍天白云，雪山湖泊。

窒息感越来越强。没有时间了，胸腔内空气越来越少，全身每个细胞都渴望着活下去。

钥匙随着身体的摆动，在衣兜内发出细微声响。或许，拿着它穿越那扇门，就能活下去。

可，内心深处有个声音轻声说……那样会辜负苏曦止，毕竟这是他守护的秘密。

生理反应太过剧烈，胸肺内的气体越来越少，夏光猛地挣脱晏生的掌控。瘦小的老太婆被摔得四仰八叉，犹如一条虫子蠕动着抓住她的脚踝。

夏光被绊倒，拽住旁边的大型支架，伸腿将晏生踢倒。晏生惨叫一声，夏光趁机站起，穿过走廊跑进隔壁仓库。三个活生生的人被捆绑在椅子上，用布堵住嘴巴。夏光愣了下,躲到了椅子背后。显然，那三个被绑住的人也超出了晏生的预料，她也愣了下，敏捷跳过，将夏光按在了地上。黑电游走，逐渐凝聚成翅膀的模样，晏生由瘦小的老太婆变成了只邪恶丑陋的怪物，前肢粗大，牙齿变长，犹如在黑油中淋了个遍。

“你到底是什么？”夏光感到一阵恶心。

晏生笑了笑，仿佛杀死她远不如想象的那般完美。

她围着夏光转着圈，选定脖子部分后，换作个蜷伏的姿势，干枯僵硬的面颊上，微笑越来越开，慢慢地，那不再是个笑，而是扭曲外翻的血盆大口。

恐惧掌控一切，夏光不顾一切地朝神之门所在的墙壁冲去，可她甚至没看出袭来的是手还是翅膀。一记粉碎性的重击便砸到了她的胸口，身后一堆柜子轰然倒地。

玻璃粉碎，散落支离。

胸口火辣辣地疼着，简直没法呼吸，夏光吐了口血。

晏生的话语似乎变成了双声道，模糊不清晰：“二十一岁那年，因为医院失误，被注射了含有艾滋病病毒的血袋，我曾想过自杀。当时我站在高楼上，看着下面车水马龙的世界，厌倦透了。但身体浮空，浸泡在巨大的夕阳中的那刻，我又后悔了。风在旋转，在粉身碎骨的边缘，我遇见了曦止。他从半空抱住我，将我平稳地放在地面上。那刻，仿佛一扇新世界的大门被打开了。”

紧接着，晏生脸上是极度的憎恨：“可你出现了。你的每一口呼吸，都让我随时可能被杀掉，我又到底做错了什么？”

夏光听到腿部可怕的断裂声，尖叫被含在喉咙里。晏生快意道：“我不仅要杀掉你，还要让你体会无与伦比的痛苦！不要期待任何人会救你，曦止见到的，也只是一具恶心的尸体。”

“只要我死掉，苏曦止就能活下来吗？”夏光躺在地上，重重喘着粗气。

“作为帮助主人联系天狼星的守护者，其实我还知道曦止不知道的秘密。”晏生见夏光表情松动，得意扬扬，“杀死你背后的真实原因其实很简单。地球和天狼星环境迥然不同，数万年前，早就提出对地球进行殖民统治的方案，天狼星人甚至依照自己的基因，改造猿人，创造人类。但事与愿违，随后由于不适应地球气候与环境，大规模疫病爆发了。在这银河系的边陲星球，你身上的血，含有完美抵抗地球法则的疫苗，只要拿到，天狼星人就能顺理成章地降临。神之降世，开天辟地！”

“所以苏曦止才被迫……”

“不是被迫，他很愿意杀掉你！曦止只是被无关信息干扰，他根本对你没兴趣。”晏生恼羞成怒，心虚地上前一步，狠狠踩住夏光的胸口，表情忽然变得狰狞而得意，她凑近轻声道，“你是不是很想穿过那扇墙逃出这里？逃？哈哈，放心，当然会成全你，我会让你背叛曦止。我怎么可能让自己背上杀死你的罪名，这扇门已经被动了手脚，整个城市都将看见这微型虫洞开启的那幕。我才是被迫杀掉你，我才是……”

夏光躺在地上，看着漆黑而斑驳的墙壁上大片的苔藓，觉得自己变成了他们，好卑微，好无助，好没有希望啊！

分明在冬季严寒中拼尽全力地活着，可最后还是会丧生于无边的火海。

这不是她能决定的，也不是她想要的。可声音太小，太小了，谁又听得到？

好想有只脚，好想长出翅膀，可那不是卑微苔藓能拥有的。潮湿冰冷污浊，才应是她的世界。真泄气，笨蛋似乎没什么理由可以理直气壮。

人生无数平凡而又细碎的片段，一帧帧放映。高中埋头写卷子，一张张，一堆堆，一沓沓。那些鲜红的标语，那些写满了的励志故事，那些很努力很努力的起早贪黑。可期末的排行榜上，前方还是堆着一大片人名。

末尾的名字很小很小，连自己看起来都费力。

我只要进步，一小点，一小点就够了。站在人头攒动的走廊，不自觉捂住胸口，可愿望淹没在如潮的洪水中，连梦想都是拥挤的。

微弱的声音，在纸面上发出声呐喊，咸湿的泪水缓慢滴落在冰冷的风中。生活变成了条无尽的黄色小路，沉默地走啊走，走啊走。

走到云天交接的地方，似乎又去了另一条无尽的路。这条路上，青苔似乎还是没有翅膀和脚，没法逃离这场毁灭性的火灾。

晏生拉住夏光的头发，朝着那扇墙走去。金色钥匙丁零零作响。

哗啦……哗啦……哗啦……

夏光最后看了眼这个世界，仿佛公元前但丁神曲中描述的地狱，火与罪恶沿着墙缝四散蔓延，而她是一切欲望的最终祭品。

救救我。救救我。

苏曦止，我只是个小女孩啊。

用什么诠释亘古与瞬间？有什么可以留在记忆中永不褪色。答案是美，毁灭一切的美。

顾天深深地吸了口气，着魔地仰望星空，狂风在脚下肆虐，仿佛下起了火雨。

现在已接近午夜十二点，一个巨大的太阳，悬浮在半空中，明丽而招摇的色彩让整个天空亮如白昼。

如文盛特凡高的《星空》描绘的那样，充满了怪异而惊艳的美感。

神之门在半空打开。

顾天望着苏曦止跳上商贸大厦的背影，在明黄的光泽中，犹如一只飞速穿过暴雨的海燕，掀起阵如潮的声浪。

晚了，都晚了。

哥哥，她还是背叛了你。

而你，为了那可笑的善良与正义，丧失了救她的唯一机会。

爱？这只是场血淋淋的伤害。

世间最悲戚的爱情并非你爱的与她毫无瓜葛，而是等过岁月，却发现爱是错，错如针扎。

那一点点、一滴滴的伤害，变成最后的面目可憎。

相遇又能说什么？

好不过相顾无言。

顾天摸着胸口，轻轻地，又略带点邪恶地笑了起来，那单纯的笑中，是无法排遣的孤单。

人类历史上那些熟悉而陌生的字眼，亚当、夏娃、诺亚……在眼前不停闪动。神启是无数凡人的求而不得，与众不同时，却也不幸拥有了最沉重的一生。

天狼星人按照自己的样子创造人类，却无法阻止贪婪、色欲、傲慢、嫉妒、狂怒、懒惰、嫉妒，这七宗原罪沉睡在灵魂的最深处。

他们鄙夷这劣等的仆人，对他们的基因再次进行了改造。

创世纪的大洪水，让所有失败的试验品消失殆尽。朝阳在星海上升起，新的世纪开始了。当和平鸽衔着橄榄枝落在诺亚手上时，迄今为止，人类第一次拥有了希望。

可神明又开始不安，他们恐惧人类与他们相似的容貌和智慧，疯狂地让诺亚的子孙亚伯拉罕表白自己的忠心。这位善良的老人在七十五岁时听见了神明的声音，依照神启，他带领犹太人开始了第一次大迁移。他们费尽艰辛，徒步进入巴比伦河谷，又穿过烈日艳阳的阿拉伯沙漠，最后抵达了西亚的牧场。在那里，他获得了安宁的生活。

在第一个儿子降生后，亚伯拉罕心满意足。

但一切都是有代价的。

被迫赶走自己的第二任妻子和儿子后，在摩利亚山上，亚伯拉罕被命令杀掉自己的小儿子以撒献祭神明。

山尖寒风凛冽，石头祭坛上冷光耀眼，亚伯拉罕拔出了刀，将以撒的头往后拽，这是一个他能割断颈动脉的动作。

这时响起了一个声音。

神明再次开口了。

最后，耶和华确定了亚伯拉罕是他最忠实的追随者，不再坚持让他进一步证明自己的忠诚。

但这老人最终厌倦了那带来太多痛苦和折磨的地方，回到了古老的幔丽平原。

一切都将尘埃落定。

往事变迁，人类在享乐与科技的发展中忘却了曾经的信仰。神也不再是那以一阵狂风横扫丘陵与平原的存在了，他不再在沙漠的隆隆雷声中和人对话，不知何时，那声音只会在清静的图书馆听见。他们说着市井的语言，逐渐将灵性掩盖在了垃圾般的文献下。

如今的神明极度缺乏安全感，他们不再要求追随者表达忠诚，而是自己去制造一个百分百服从的工具，献祭自己的灵魂。

顾天将手朝着灿烂星空，嘲讽地笑了。那位心念疲惫的老人又算得了什么呢？他才是这千年苦难的最终承受者。

没有亲情，没有爱情，没有友情，被剥夺一切，最卑微也最残酷，只为能在危急时刻能毫不犹豫地保护最重要的神。

他的哥哥。

顾天想起很多很多年前，从高楼上坠落的夏光的父亲夏城勋，命运如出一辙，都是死在了他的手里。这些痛苦这些眼泪这些悔恨会和那一幕般出现在梦里，在夜深人静时肆意滋长，永不见炎阳。

背叛后，未来终将不同。

一股兴奋感冲上脑子。

“哥哥，一切都结束了。”顾天道，“可对于我，一切终将重新开始。”

商贸大厦被拦腰开了个巨大的口子，火被向上的气流卷起，在半空形成两条巨大的火龙。苏曦止逆着风，跳过十几米的高空。

身影在明黄的光亮里显眼极了，将气氛推向高潮，脚下尖叫声澎湃汹涌。

黑色风衣上沾满火星，苏曦止破空而来，俊美如散发太阳光辉的阿波罗。晏生如痴如醉，直到看见他冰冷的眉眼，才回过神来，挽住他的手臂道："曦止，别生我气了，是那个贱人夏光非要拿神之门要挟我。你惩罚我吧，晏生甘愿受罚。"

"不需要了。"

"曦止，就知道你会原谅我。"她原本以为苏曦止定会雷霆震怒，看来这个女人也没那么重要，晏生欣喜道，"我在她拿着神之门钥匙逃跑的那刻杀掉了她。曦止，从今天起，再没人指使我们。任务完成了，我们自由了。"

"晏生，我不想再见到你。"

"曦止，你这是什么意思？你还未睁眼看清吗？这个女人是不会爱上你的。她背叛了你，更不会喜欢或者接受你本来的样子！只有我，才会一直待在你的身旁啊！"

"是吗？"苏曦止轻轻道，仰望着巨大的神之门，声音犹如片羽毛落在心尖，"一切都不重要了。"

此时，他已不是那个美丽而孤独的少年，神明的各种特征在他的身上显现出来，侧脸冰冷而圣洁，带着毁灭一切的残酷与冷漠。巨大的白色双翼在身后张开，使得他的动作迅捷如幻影。

窗外火龙飞舞旋转，仿佛要吞噬一切。苏曦止咬紧嘴唇，向前一步，试图跨进神之门完成最后的收尾工作：收集夏光的血液。他面无表情地迈步，一只脚忽然被绊倒，他再也抑制不住五脏的翻滚，吐了口血。他低头摸了摸嘴唇，血花在手心模糊扩散。

一条条白光在眼前闪过，声音和图像模糊不清。

苏曦止直直摔倒在地上，忽然号啕大哭起来，像个失去心爱玩具的孩子。

“曦止，你怎么了？”晏生关切地凑近，忐忑不安地问道，但马上犹如被电了般缩起手脚。

“没什么。”等再站起来时，苏曦止困惑地摆了摆手。那巨大悲伤已不知所源，他拿出手机，直接按了一个人的号码。

没有任何犹豫，对方愉快地按了接听键：“哥哥，你现在站在夏光的尸体旁吗？还是她仍有一口气，需要你再努力一下？”

“猪宝贝是谁？”苏曦止暴躁地问。

“怎么？你想起什么了？”

“与你无关。”

“呵？那你为什么在世界末日的背景下探讨这么蠢的名字？”顾天道，“哥哥，虽然你有时候的确很脱线……”

“你再多说一个字，我马上废了你的手脚。”

“猪宝贝当然就是你的外号喽。”顾天吹了声口哨，“不过这外号是夏光给你起的。很诡异吧。”

“不诡异，非常感谢。”苏曦止挂掉电话，冷冷地哼了声。

“曦止，你为什么要听从一个来路不明的人的命令呢？顾家老宅内的S级命令实在是太……而且都过了十年了，谁又能……”晏生忍不住道。

苏曦止眼底的光骤然一暗，他沉默片刻，冷傲道：“晏生，没人能命令我，没人……”

如果能选择，夏光十分想找到一个黑暗的角落，双手抱膝，独自在死亡乐章弹奏跳跃的前夕静一静。啊，也许还有机会跟家中的猫咪道一声再见，也许还能再吃上一顿外婆煮的拉面。可没机会了，目前她的姿势十分滑稽，犹如破布般在地上被拖行，毫无反抗之力。

谁能救救她呢？

哦，没人。

这栋融化着钢铁的大厦已经承载了太多哭号，烈火中全是烧焦油脂的臭味，眼前竟是凄厉的火光。

什么嘛，原来就这样死掉了，真是无聊透了。每天也就是吃吃吃喝喝喝睡睡睡玩玩玩，开心过玩笑过痛苦过哭过，也……爱过。可是如今回头想想，为什么感觉整个人生都是空白一片，充满了遗憾。

真是个胆小鬼啊。

哈哈哈哈哈哈！自己那么坚定地说要等苏曦止回来，其实还是半推半就地上了顾天的婚车。那么坚定地认定大雪天桥上的人就是苏曦止，却无法在相遇时坦诚地告诉他，有时候最讨厌自己了，分明不坚强不勇敢不努力，却一直感觉什么事情都尽力了。

是啊是啊，她其实很想对苏曦止霸道地说，她喜欢他，所以他的世界中只能有她，不能再有别的女孩。她要缠着他，每一分每一秒像星星围着太阳。在医院拉着他的手，迎着阳光看他身上那些细细的伤口。在马路逼仄的车底，看他焦急又俊朗的眉眼。在秘鲁的巨树下，告诉孤独失落的他，自己会一直在他身边。可是……真是笑到腹痛，现实中那样帅到三百六十度无死角的苏曦止，明确表达了喜欢她，自己居然连礼貌地非礼一下都没有做到。真是操蛋的人生啊。

有去拼命吗？有去燃烧生命吗？没有啊，小笨蛋，什么都没有。顾及这个顾及那个，犹犹豫豫郁郁寡欢。那副身心疲惫的样子，又是做给谁看呢？真是可笑极了。难道不知道这世间所有美好，都要付出无比高昂的代价？所以最后啊，也没人对你抱有期待了。

活着最大的遗憾是，未能活出自己想要的样子，甚至所有美好，都只是幻想。

呵呵。

呵呵呵呵。

呵呵呵呵呵呵呵呵。

“哎，你不要杀掉我。”夏光平静地对晏生道，“我想，人生的最后，能自己决定怎么死也算是好的。”

“耍什么花样。”晏生再次拽紧了她的头发，覆盖黑鳞的手臂在一呼一吸间散发着蓬勃的力量，“你的动作在我眼中像放慢镜头，捏死你就是捏死只蚂蚁。”

“那我可不可以亲自打开神之门？”

“果真是个贱女人。你想主动出卖曦止？”晏生哈哈大笑，尖尖的利爪指着夏光的后脑，“可就算再配合，我也必须取走你的性命，不要做徒劳的努力了。”

“你了解苏曦止多少呢？”

“你在挑衅我！”

“不，刚刚在想如果苏曦止恢复记忆，现在的他会怎样？”夏光艰难地站起身，捂住腹部，朝那面墙蹒跚走去，“真的很有趣啊。第一次在高中开学典礼看见他的时候，平静无波的眼神看着整个人群。有人大声谈论新买的衣服，故意将蓝色连帽衫露在外面，有人八卦哪个女孩成绩又好又漂亮。而更多的男孩聚在一处嬉戏打闹，将人抬起往天上丢。校长清清嗓子道，这位同学啊，我们要开开学动员大会了，你是要代替我发言吗？他才从主席台上淡定走下去。大家笑得人仰马翻，他站在人群最高处，逆光的眸子悠长深邃，竟也不知是在想些什么。超古怪的，表情像笑，可仔细看又带了点冷傲。饱含悲悯的情绪让人移不开眼睛。他啊，或许也没那么讨厌人类。”

“你想要表达什么？”

“他是喜欢人类的。”夏光道，“那样那样喜欢，所以和任何人讲话，眼中璀璨夺目得像升起了大大的太阳。”

“曦止永远也不会想起，也永远不知道这些。”

“不，他知道。他就要毁掉他所喜欢的一切了。”夏光忽然哭着说，“你们为什么不去问问他孤不孤单，这样做会不会很难受？”

“你给我闭嘴。”晏生的忍耐到了极限，脸上露出个狰狞的表情，“别人活不活和曦止有什么关系？感觉？人都要死了还要什么感觉？我只求我们能好好活着。”

“我想让他快乐。”

“快乐？”晏生冷笑，她正欲再说些什么，可夏光没再给她机会。她抓起地上一块锋利的金属残片，割断了自己的头发，白色洁净的墙面染上了一抹血色。晏生的利爪刺进了她的胸膛，但那速度没有减缓，身体接触到墙面的那刻，仿佛整个商贸大厦都出现了一秒短暂的寂静。

哭号声、惨叫声，连带着飞扬四溢的火焰全部被冻结。从楼底人群的视角朝上仰望，内心深处莫名响起声诡异的轰鸣，整个天空被只无形的怪兽扒开了个巨大的口子。黑色幕布内，露出片猩红。

夏光的耳畔，再也听不到尖叫与嘈杂。那瞬间，她到达了地球的另一面。整个人坠入巨大水体中，冰冷从四面八方包裹而来。

她拼命挣扎，试图调整呼吸。眼睛浸了水，什么也看不到了。

放松，放松。夏光拼命对自己讲，胸口的伤疼痛难忍，她只能挥动一只手划水，渐渐地，过度紧张的身体开始下沉。

太黑暗，太安静了。想划动四肢朝上，可伤口牵动身体迅速变冷变重。血色的丝线朝太阳的方向一点点远去。

动不了了。

神之门打开的这刻，影像通过了整个网络。全人类都看见了半空之中的神之门，埋藏万年的秘密，在一片明黄中，曝光。

真美丽啊，就如天国之门豁然洞开。

也算了了十年前苏曦止的本愿，保护整个人类。虽然与神明的战争看似终究是场徒劳。

夏光捂住胸口，一手拼命朝水面划着，伸直，弯曲，再伸直，再弯曲。意识逐渐模糊，她不知朝上划了多久，距离水面多远，可，再也不想放弃了，一定要坚持到最后一刻。

幽深的水中，忽然亮起了点点的光。一个影子逐渐凝聚成人形，在辉煌明丽的背景中，出现在水中。

夏光的意识脱离了身体，她看清了那人的眉眼，忍不住发出阵战栗。不等反应，忽然，手心一实，她居然被捞出了水面。

苏曦止的眉眼在天光下散发着耀眼光晕。夏光拿臂膀挡住太阳，艰难睁开眼，忍不住歪倒在一侧干呕，等缓过气来，旋即狠狠扑进了苏曦止的怀抱。

苏曦止怔住，几秒后僵硬的手指一下下抚摸着夏光的背部。他开始的动作很急切，似乎在猛烈按捺住某种喷涌而出的情绪，可随着时间的推移，他渐渐平复下去，只是胸口还剧烈地起伏着。望着夏光胸口处那抹血迹，他蹙起了眉头，目光越发冰冷。

夏光不由自主地松开了手臂，心脏仿佛被细细密密的针扎过一样。

“对不起。”最后，她小声道，泪水氤氲了眼眶。

“我要回答没关系吗？”苏曦止说。

“你不用原谅我，你甚至可以更……更讨厌我一点。”夏光结结巴巴道。濒临死亡爆发的勇气烟消云散。天，这并不是她想说的话啊。

夏光咽了口吐沫，正欲再讲，却见苏曦止专注低头，小心翼翼地掀开她的衣服，从衣袋内拿出盒透明膏药，冰凉的指腹扫过皮肤，疼痛伴着麻痒，她的脸羞得通红。双手局促地撑住地面，随着时间推移，在关节过于用力的地方，由于供血不足变得冰凉。她忍不住走神想，这段时间真该少吃一点减个肥，她腹部的线条虽称得上纤细，却并不健美。真是后悔死了。

好丢人，好羞涩。

苏曦止修长白皙的双手在日光下反光，他的侧脸尤其认真，仿佛在抚摸件上层的艺术品，声音中是她从未感觉到的疲惫：“夏光，我的耐心已经用尽了。”

“什么耐心？”夏光大梦初醒，察觉到苏曦止的情绪，她的心猛地揪了起来。

“不明白？”

夏光紧张地摇了摇头，狠狠在心中骂了几遍自己，脸越发红了。

阳光下，苏曦止的侧脸仿佛闪烁着钻石的光泽。他微微眯了眯眼，不像往常般绕弯子，甚至不在演戏，深邃明澈的眼中甚至透出狡黠，低头凑近：“呵。等待的耐心。”

苏曦止嘲讽地轻笑，吻住了她的双唇。

风与火的盛宴中，明黄搅拌在漆黑的夜中，犹如只睁开的巨眼，审视着芸芸众生。商贸大厦内的火已被浇灭，到处弥漫着死亡的味道。

晏生在诡异而寒冷的景象中缓缓蜷缩起身子，犹如一只小小的虾米。她的脑袋从方才开始就疼痛难忍，与夏光对峙时，全身血液流向脑子，而如今，这疼痛撕裂着她的身体。

“还撑得住吗？”黑暗中一声轻笑传来。顾天缓步走出，脸上带着愉快而温和的笑容。

晏生咬住牙齿，抹了抹滴落的汗水，虚弱道：“没关系，曦止就快拿到夏光体内的药剂了。我……马上就能好起来。”

顾天咂了下舌，蹲下身体，歪起脑袋，笑道：“真可怜！”

“你说这些有什么用！”晏生反唇相讥，“你不也一样。”

“不，不一样。”顾天玩弄着自己的手指，漫不经心道，“你都快死了。”

“我不会死！我会撑住的！如果我们的计划早点进行……”

“你真的是哈佛毕业的？”

“你的话我不明白。”

“当初一定经常挂科重修吧？”顾天笑道，“脑子真是不好使啊。你该不会真觉得自己做这一切是为了苏曦止？”

“我当然是为了曦止。”

“自欺欺人。”

“我从来没有为了自己。这是天狼星自称神明的黑影使者在我身上下的诅咒，让我变老，让我变坏，他们在控制我企图威胁曦止！不要随便诋毁我和他的关系。”晏生咬牙切齿。

“说白了还是为了自己。”

“那又怎么样？”

“身为神明的守护者，你应该知道背叛神明是什么下场，苏曦止在给予你无上力量的时候，应该也告诫过你不要背叛他吧。”

“我从未背叛他！”晏生歇斯底里地尖叫，脑颅内巨大的痛感让她彻底丧失了理智，“杀掉夏光是我们共同的目的。这一切是你布的局，其实想背叛他的是你，别以为我不知道，你更想杀掉他！甚至毁掉一切。”

“哈哈哈，看见没！以为我要杀掉他，还和我合作？”顾天忽然拍起手，像个拿到超大玩具的顽皮小孩，看着漆黑深邃的天空转了个圈，“那是我亲爱的哥哥啊，我怎么可能背叛他！”

“那我也没有！”晏生面色惨白，“我是确定你也是守护者，也被那种变态的共生关系束缚，才选择和你合作的。”

“我背叛的是整个令人厌恶的守护者体制，至于哥哥，我是一直爱他的啊。同样，我更爱夏光。如果这些还不够，我当然还有更大的礼要送给他们。”顾天笑容温和，浅淡琉璃色的黑瞳之中散发着邪魅的光。

“你真是个变态！”

“违背命令擅自行动，杀掉夏光。你潜意识里已经做了将会鱼死网破的最坏打算。你满心希望利用我，再不想和他冒险。当守护者背离神明，一切都会终结。”

“不，我没有！我没有！我才不会死！我要等曦止回来！”晏生躺倒在地抽搐起来，尖叫声越来越小。她艰难地朝他爬去，可顾天颀长身影恍若远在天边，浅色琉璃眸子内浸满了悲伤与冷漠。他朝她无声地张了张嘴，再见。

晏生的手停在顾天锃亮皮鞋前一尺之地，头朝下的表情很困惑，嘴巴张大，似要用尽全身气力喊出来。双眼内光芒停驻，仿佛一瞬间领悟了什么，充满怨愤。

最后，老太婆的身体恢复成少女的模样，安详宁静，散发着死亡的气息。

黎明时分昏暗的天光里，忽然下起了大雨，积雪被打出烂泥的质感，几辆市局的警车穿过街道，尖啸声突破长空。顾天将雨伞轻轻一掷，如一片花，翩然而下。他仰头看着乌云密布的天空，目光冰冷地喃喃道：“冬天，确实快结束了。”

处理火灾现场真不是件让人身心愉悦的事，杨乐戴着口罩，扎紧裤管，一手拿着记录本，一手举着手电筒，活像只螃蟹朝商贸大厦内部一深一浅地行去。昨晚的大火整整蔓延了十层楼，伤亡人数骇人听闻。现场情况更是惨烈之极。人类窒息或被焚烧死亡，面部极度扭曲，焦黑的尸体犹如麻花堆积一处。就在方才，一位工作六年有余，经历大大小小数百案件，小有经验的女警，在不幸踩着块焦黑的不明物体后，差点……吓昏过去。

杨乐揉了揉脑袋，对着门外吼了声："来个人！"

"哥，我是你奴隶吗？"杨晓皱着眉头，将头顶的防毒面具晃了晃，活像个大头娃娃，"老娘被你坑害到跑了大半个城市送饭还不够吗？"

"上学时你哥可是给你送了三年饭的，现在市里警力不足，现场需要处理的事情很多，二十四小时没回家了。你身为A市市民，跑来给警察叔叔递个水，打个杂。有错吗？这是义务！"

"打杂？"杨晓冷笑一声，伸出右手，"我已经扛了五个尸袋了！"

"尸体算什么。你可是五岁就在《生化危机》《午夜凶灵》《荒村老尸》等著名恐怖电影中，真人体验后过关的小女孩，心理素质方面，我对你有自信啊。"杨乐上下打量了下杨晓的背部肌肉，"而且，这里也比那边的男人好使。"

"我要撕烂你的嘴！"

"听说你在顾氏集团当个小售卖员都快混不下去了。图什么？不如去上个研究生，让咱爸给你安排个位置，绝对甩局里那些小姑娘几百条街啊。"杨乐躲过杨晓的拳头，懒洋洋道，"你那大脸往那儿一杵，所有女人都对化妆绝望，只想整容啊。别不信，天分很重要。”

“杨乐，你再挤对我，我就告诉所有人你老爹是局长。”

“刚刚那几个警察，对你十分感兴趣。其实实话告诉你啊，这不是走桃花运，是你继承了老爹所有的男性特征。他们都说没想到啊……局长居然可以长得如此闭月‘如花’，简直是我们家行走着的耻辱。我啊，顶多算个配角。”

“我要杀掉你！”杨晓奓毛。二人在空旷的房间内互相拉扯，杨乐矮了杨晓大半个头，身体灵活，伸脚绊倒了杨晓。杨晓也不甘示弱，爬起来便去拽他胳膊。啪嗒一声，手电筒、背包、笔记本天女散花掉了一地。

“野兽，给我捡起来。”杨乐扬了扬下巴，命令道。

“你说捡就捡啊。”杨晓喊，可还是手不停地将物品装回背包，忽然，她指尖一顿，被笔记本翻开的那页吸引了全部注意力。

这次A市商贸大厦的火灾事故影响范围极其巨大，不仅死伤惨重，夜间出现的那道明黄色的光更让人浮想联翩。有不少好事者拿出手机抓拍到场景，上传至网路，引发了大量围观。有说是UFO降临的，有讲视频是经过处理博噱头的，更糟糕的是无数科学家和好事者从四面八方赶来，试图从科学的角度解释其为正常自然现象。

正常你妹啊！根本不正常好不好！杨晓在心中吐槽。警方为防止意外发生，在官方未给出明确答复前，已严密封锁了现场，路障都设了好几条街。杨晓虽对这一切缺乏职业素养和政治敏感性，但从担任公安局局长的父亲的眉宇间，她也感受到了一种不祥。或许，杨乐说得对，这起超自然现象的目击证人太多，简直可以和二战时期，芝加哥上空那起有一万名目击证人的UFO事件相媲美了。即使再掩盖，那浑天裂地的明黄光环，也无可避免地将一个神秘而接近本源的世界悄无声息地降临在了凡俗的世界里，从今往后，会出现无数的夏光，用一种近乎执着的态度，去审视这片古老而庸常的夜空。

杨晓打了个寒噤，她其实是个俗人，对超自然现象并不感冒，但官方暧昧的态度让她害怕。她撕下杨乐记录本上的那页纸，大吵大嚷起来：“哥哥，你还嫌不够乱吗？你为什么要在一起普通的火灾事故中，调查谋杀案？”

“杨晓，我只是做我应该做的。”杨乐道，“18楼明黄光圈出现地的下方有五具尸体，都被绑在椅子上，气管内没有烟尘，证明在火灾发生前就已死亡。如果推断没错，这并不是自然起火，而是为掩盖谋杀案而刻意纵火。”

“可这些和他有什么关系？”杨晓心下如刮着穿堂风。

“现场我们发现了刻有苏曦止姓名的高端定制手表残片，甚至在火灾现场提取到了他的指纹。”

杨晓记起昨晚在明黄火海下仰望星空的杨乐，时光翩然，漆黑眼底闪烁的光芒，一如年少。杨晓一字一顿重复道："可你一直坚持苏曦止死了。这个案子谁办都行，唯独不应该是你。"

"对，他确实死了，但又活了。A市金融版面头版头条，没人不知道。顾家长子失踪甚至确认死亡十年后，又离奇回来了，现在公安甚至有人提议对十年前埋在墓地的那具所谓苏曦止的尸首进行化验。"

"可你一直坚持那是商人为了利益而耍的无聊把戏啊！"杨晓争辩，"他不是真正的苏曦止，只是个和他长得很像的骗子罢了！"

"死人也好，骗子也罢，从现场证据看，他作为重大嫌疑人，即使没有直接参与这起谋杀，也应是知情人。"杨乐拍了拍杨晓的肩膀，"你哥哥我呢，已经对什么外星人啊，时间之旅啊，超自然现象不感兴趣了，我要的是为人民服务和事实真相。"

"谁担心的是这个啊！我巴不得你再进一次精神病院呢！"杨晓面颊一红，将尸袋扛在肩头，准备仓皇开溜。但突然想起来什么，她严肃扭头，"杨乐，别无中生有了，连我都知道杀人要讲动机。"

"你觉得他没有动机？但若是死的是顾氏集团的人呢？"杨乐慵懒的声音中竟带出丝冷硬。

杨晓的心扑通一跳。

杨乐无奈摇头，猛地踢开旁边一扇摇摇欲坠的门，七拐八拐后，张扬地指着一满是黑色烧灼痕迹的尸体道："别说你不认识她。"

现在是冬季，死亡二十四小时以内的尸体不会出现巨人观，导致变形无法辨认。可杨晓还是睁大眼睛来来回回确定了好几遍，她实在是太惊讶了。

“野兽，看清没？”杨乐得意地问。

“怎么会是她？！”杨晓尖叫。

苏曦止站在摩天大厦的顶层，城市绚丽的光影如梦扭转。黑影顺着巨大的建筑物攀爬蔓延，最后分不清谁是光明，谁是黑暗。

轰轰的响声似从心底泛起，又从天空压下。

“你背叛了神明！”

“我不接受木偶般的人生。”苏曦止道。

“那你就要承受应有的天罚。”黑影暴怒。

“天罚？”澄明不再，苏曦止的眼中似燃着烈焰，他拔出手中的剑，向虚空中的鬼手斩去，狠狠将它踩到了脚底，“说，为什么非要我去杀掉夏光？”

“因为你终究是要杀掉她的。”

“目前看是顾天想要杀她。”

“不，最后杀掉她的一定是你。”黑影发出桀桀笑声，“也只有你杀掉她才行。”

这是宿命。

Yu Shenming De Chulian

Chapter 8/夫复何求

水。

又是水……很多很多水，将整个天际倒灌成墨蓝色。苍穹最高处，浮光游动。

夏光仰面躺倒，微微眨了眨眼睛，仿佛从最黑暗混沌的梦境中醒来，似乎感觉自己到了很深很深的水底。但竟有些分不清水是从上方落下，还是从下方飞起。

四周景物陌生而诡异，由石头砌起的建筑以物理学难以解释的扭曲姿势伸向天空，仿佛无数黑木组成的阴森森林。岁月弥漫蹁跹，建筑物上镶嵌着古朴而精致的尖端仪器，被水草覆盖，闪烁着微弱的光芒。在这场静谧的沉睡中，广场中央投射出巨型屏幕，横竖纵深了几千米，幻化千百游鱼，响彻着最古老的鲸鸣。

灵魂深处泛起阵战栗。

她坐起身子，长风与水猛烈地刮了起来。

夏光双手捂住眼睛，深深吸了口气。阳光透过木质床棱，洒在典雅古朴的大床上。一只迎春悄然探进窗内，一点鹅黄，散发初春的气息。越过嶙峋的枝干，曲榭回廊，筒瓦泥鳅脊，如水墨画卷般铺陈开来。一带粉垣，数盈修舍，两侧飞楼插空。在A市能有如此美景之处，夏光竟是从未见过，她情不自禁地赤脚下床。微风吹起洁白风铃，叮咚叮咚作响。

忽然，身后响起一轻微的咳嗽声。

夏光肩膀猛地耸动，回头看见了角落中的人影。她吓了一大跳，有些局促地搓了搓脚，拉了拉睡衣，腼腆又脆生生地喊了声："顾爷爷。"

上次是杜纯纯，这次是顾城，为什么每次受伤醒来，眼前出现的人都如此出乎意料？

"夏光啊，不要拘束。"顾城摆了摆手，笑容在满是皱纹的脸上犹如朵风干的老菊，配上严肃的线条，竟有些滑稽。

夏光连连应是，却不敢造次，只在床边端坐。方才她忘情于屋外美景，这双阴郁而冷酷的眼一直审视着她。

沉默带出尴尬，夏光打小不擅长应付太过正经的长辈，她张口便后悔了，只得干巴巴道："您有什么事吗？"

"没什么事。过来看看你。"顾城道，"也算是尽地主之谊。"

"那谢谢爷爷。"夏光胆战心惊，顾天提亲时顾准的态度，以及当日在医院，面对众多媒体堵截时顾家的沉默，都给她留下了深刻的印象。面对顾城和蔼的笑容，夏光的眼睛不安地眨了眨。

“今天，我作为顾家的长辈向你承诺，今后这便是你的家了。”顾城一阵猛咳，“就在家好好养伤。”

“可我和顾天……”夏光吃惊。

“我们家可是有两个孩子。”

“可苏曦止……”夏光脸红。

“夏光，我们顾家哪里配不上你？不管是哪个孩子，都首屈一指。十年前，是你把事情搅得一团糟，如今，不该你还债？接受你待在这里本属勉强。既然是我们顾家的变数，我作为长辈，希望你好自为之！承担责任！”

“可我不明白你在说什么啊。”夏光忙喊。什么责任？什么好自为之？顾家爷爷的怒气莫名其妙，若是不久前的逃婚门，她尚可道歉。可十年前她究竟做了什么？除了暗恋了下他们家的大儿子苏曦止外……

顾城未再给她询问的机会，老人似乎已被偏执和傲慢蒙蔽了双眼，抑或将事情看的太过通透。他不愿再与夏光多话，和上次逼她辨认自己孙子般滑稽可笑，他甚至给了她一个更加哭笑不得的境地。

窗外池塘的游鱼和水藻反射着天光，映在洁白的墙面上。夏光坐在床上细细地揣摩顾城的话，郁闷地啃起了手指。

按顾城先前的意思，他似乎偏向苏曦止，可一段时间不见，他又似乎将天平摆正了。

所以，她到底是谁的未婚妻？

难道两个都可以？

夏光天旋地转。

月光如薄纱轻洒在一排排高大的书柜上，书卷气混合着静谧，渗透出一丝丝诡异。凌晨三点的公安局档案室空荡荡的，只有楼顶的野猫和隔壁卫生间的滴水声缓缓穿透黑暗的围城。

刺啦……刺啦……

书山堆积的小角落忽然传来急促的翻页声，似乎在对这午夜安静的时光诉说着秘闻。

距离红日东升不到四小时，可眼前的资料让人毫无头绪。杨乐听着右手手腕上的嘀嗒声，陷入焦躁。

这里是公安机关存储秘密档案的地点，很多资料杨乐并没有翻看的权利。在费尽周折、玩尽心眼后，他才从身为公安局长的父亲手中偷偷拿到许可，天知道若是被抓到，将面临何种严厉的处分。

但管不了那么多，内心深处，似乎在再次遇见夏光时便骚动不已。如果年少时毫无反抗之力，如今的他，至少有能力知道真相。

想要了解苏曦止，最直观的方式就是了解十年前的往事。

那起UFO事件记录相当简单——学校大规模食堂中毒事件。和新闻报道中的别无二致，实地拍摄的照片更是毫无破绽。杨乐锁紧眉头，在过道中来回踱步，疲倦地靠在书柜前，他有些崩溃。虽然天亮前可以翻完这面墙的资料，但如此劳神又耗体力，真不是他这种天才的行径。

不一会儿，杨乐就懒洋洋地闭上了眼睛，仿佛一座雕塑静静地淹没在黑暗中，可猛然，脑中似闪过道惊雷。杨乐跳起，拿起手电筒，修长手指在书架上迅速移动。很快，他发现了些有趣的事情。虽然2018年6月7日的那起校园中毒案叙述平淡，但日期前后，却集中了很多迄今为止都让人毛骨悚然的大案，其中包括骇人听闻的福利院残疾人被杀事件和A市老工业区敬老院集体自杀事件。

而后，他又翻看到了一些不该出现在此的市民反馈。有人称一些地段路灯质量不好，开车开着开着漆黑一片。还有人抱怨市政交通指示牌的安放错位，一条直道也能迷路。更玄乎的是起极平常的噪音扰民案。很多市民反映，东边一家私营工厂夜间生产，还排放过量废水。可企业坚持他们是严格八小时白班。结果调查下来，两方所言皆属实。有人推测，应是第三方所为，可在新兴的工业区和住宅间，是市政规划的一条大型隔离带，地势低洼，容易积水，在古代还是个很出名的老坟场。一时间流言四起，所有人都变得神神道道。

而苏曦止死亡的那起车祸案件，如今推敲起来，更加奇怪。虽然案件在叙述上毫无破绽，但作为学校大规模食堂中毒事件的亲历者，杨乐锁紧眉头。

仿佛在寂静深夜，触碰到一扇通往过去时光的大门，它豁然洞开，夏季的热风扑面而来。

握枪布满老茧的手变得稚嫩，在天台上哗哗翻起本物理竞赛题集。

杨乐紧锁眉头咬着笔头，烦躁地听着操场上广播悠扬的背景音。

在学校没人管杨乐叫好学生，大家都喊他天才。这话乍听很好，实际讽刺满满。因为在大多数人眼中，他不仅懒，还贱到无法无天。虽在优班，打架、旷课、睡觉、不写作业，样样都来。杨乐的语文老师，曾拿着一大本《五年高考三年模拟》重重摔在他脸上："杨乐，我从来都没有见过比你更懒的人！说说，快高考了，你这本书上总共写了几个字？"

"两个！"批评杨乐已成为全班同学调节课堂气氛的重要化学试剂，"他的名字！"

老师冷冷地哼了一声，弹了弹封面："两笔还差不多。"

有好事者将头伸得老长，扑哧一声笑了，原来在空白处只有杨字开头的字母——Y。

"老师，那是两个字，Y的尾部很长还有个钩，那是连笔的L！"一男生犹如发现新大陆般叫了起来。

杨乐眯了眯眼，朝那男生竖了竖指头。

全班哄堂大笑。

对，他是独一无二的，但班上总共有五个姓杨的。他怎么会让自己和平庸的人毫无区别？别人说他懒，可他的勤奋谁又知道。那本《五年高考三年模拟》上每道题，他都在脑海中做过，只是懒……懒得动笔，更懒得费劲解释。不浪费生命中任何点时间取悦他人，使杨乐成为了根骨精奇的怪胎。由于年年能在物理数学方面的国际赛事上获奖，班主任说教失败后，也只能任其自然。

所有人都以为他苟且度日，可那背后是极端的自律。五点起床背单词，六点吃饭听听力，七点半跑步去学校，八点睡觉借笔记。中午十分钟吃午饭，下午旷课在天台做奥数题，晚上研究物理。

他要成为本世纪最伟大的天体物理学家。可梦想在起点就被扼杀掉了。

有时候太快看见毕生追求的终点真不算什么好事。

午后大地泛着热气。

杨乐站在天台上，仰头看着那近乎完美的物体。它和无数虚构文学中讲的全然不同，它像个飘浮的饼子，投下巨大阴影。纵向看，犹如只又尖又细的针，连接着天空与大地，反射出瑰丽的色彩。

天风从下方猛烈吹起，它起飞了，逐渐变成一浑圆球体。杨乐铆足劲儿，发疯似的追。学校大门明令禁止在上课期间开启，他顺着旁边的输气管道，找到一豁口，泥鳅般钻了出去。UFO上升至一定高度，化作闪电，消失在云层深处。

兴奋感冲昏头脑，杨乐站在车水马龙的街头，忽然觉得太不真实了。他拿出手机里刚刚拍的照片仔细瞧了又瞧，UFO完美融在云层内，似乎在，又似乎不在。

失落感袭卷周身，他漫无目的地在大街上闲荡。街边小贩的叫卖声，商店内传出的流行歌曲，公园内吹出的七彩气泡都变得庸俗无比。绕过低矮古墙，他一个冲动跳上河边的汽船，沿着老街回家了。

接下来的时间杨乐照章进行。晚八点接到医院打来的电话，说杨晓吃坏了肚子。可杨乐对杨晓的态度一向宽容，就算吃掉了一头鲸鱼撑死掉他也毫不惊讶。杨乐拒绝和爸爸妈妈一起去看望妹妹，并猛做了十几道奥赛题。

然而，第二天上学，杨乐惊奇地发现，居然整个学校都被杨晓的脑残细胞感染了，有生力量被集体搬到了隔壁医院。

居然，空了？

一位面相和蔼的老医生亲自跑到学校，打断他的解题思路，和他谈心。作为一个孤单却狂妄的少年，杨乐很高兴有大人能这么用心地听他说话，他竭尽全力描述了那场盛景，并友好地表示，自己一直从家带饭，并不去食堂。

但老医生还是坚持要给他做检查，以防意外发生。

命运的轨迹在杨乐点头的瞬间，划向另一个未知的方向。

如今想想，在自己离开学校的那个下午，一定发生了什么惊人的事件。而逃过被抹除记忆命运的人，不只他，还有夏光。

可她是怎么做到的呢？难道体质有异？还是和自己一样跑出了校园？自己亲眼看见苏曦止被吸入UFO，如果那场车祸是真的，是否意味着夏光还知道什么秘密？必须被灭口？

杨乐思索着，不禁拨通了电话。

“喂？你哪位？”响了许久，对面才传来杨晓睡意蒙眬的气声。

“杨晓，我要夏光的联系方式，立刻，马上。”

“卧槽！杨乐！现在凌晨四点耶！你神经病啊！”

电话中的忙音在寂静深夜尤为刺耳。他那冤家妹妹果然在关键时刻毫无用处地……挂了电话，但杨乐走到窗前，心情莫名变好，仿佛看见了曙光。

他就要接近真相了。

顾家不习点灯，从高空俯瞰，整个建筑群，犹如大地深陷的眼窝。

相隔一条街的夜是透明的，带着光，被照出朦胧的质感。这里，和深山莽林竟毫无分别，仿佛可以用刀，利索地把这质地肥厚的黑，切下来。

夏光躺在床上辗转难眠，一想到自己住在拥有几百年历史的老宅中，就莫名兴奋。上次和杨晓去云南玩，旅游区依山傍水的木质结构房，一晚要价三千。当时她们一边从门缝偷窥内部简陋陈设，一边吐槽脑残总是有钱人。不过，小桥流水，翠竹疏影，走几步便拥有了整个山坡连至远方群山的花海，确实心旷神怡。

胸口处的伤还有些痛，夏光躺在床上，轻声哼起了歌，睡意蒙眬。黑夜中不分彼此，房子成了她，她一瞬间成了房子，这莫名安全感中，她恍惚看见了苏曦止。

他像条暗影，如阵风被刮到了床前。

目光灼灼，苏曦止清亮的眸子比月光明澈。修长的手指轻轻地划过面颊，如轻柔的羽毛覆盖，痒痒的，到了心底。

他望着她，侧脸如大理石刻，眉宇间是化不开的悲伤。

或许是夜太黑，她不假思索地用手钩住他的脖颈，本能地想要抹去那皱起的眉头。她哈了口气，吻在眉心。

感受到了对方的战栗，夏光开心地舔了舔苏曦止精致而轮廓分明的下巴，而后狠狠咬住脖颈。

猛地，嘴巴被捂住了。苏曦止瞪大了眼瞧着她，随后危险地眯了起来。

夏光不满地扭动身体，双手朝腰线袭去，但手马上被死死地钳住。苏曦止似乎在犹豫着什么，又似乎被某种情绪阻挠。

夏光噘起嘴，晃动着身体。

一秒岑寂。

被压抑的情绪终于爆发，苏曦止闷哼了一声，抱怨了句夏光听不懂的话，飞快亲了她一下，猛地直起身子。

忽然，手心一空，屋内吹过阵风。

他走了，似乎从未来过。

夜继续行走在人间，搅拌进深沉的梦境。

顾天拿着白瓷勺，小心翼翼地舀了点排骨山药汤，送到夏光唇边。这是昨晚凌晨四点厨房精心准备的膳食，配上十几盘开胃的经典小菜，还有他亲手炖的燕窝粥，色泽鲜艳，香甜软糯，令人口齿生津，简直是完美到不能再完美。何况顾天本人还眉眼温柔，嘴角带笑，举手投足都是关心，让人难以拒绝。

可夏光实在提不起兴趣，她发着呆，仔细思索着昨晚的梦。天啊，她居然做梦都在撩苏曦止，这到底是有多邪恶啊！难道上次火灾现场给她留下了太重的心理创伤，以至于都吃了熊心豹子胆了。

她心不在焉地拒绝着，可还是盛情难却地抿了口。

顾天放下汤碗，斜靠在座椅上，半开玩笑道："如今，我就这么让你难以下咽吗？"

夏光拿着卫生纸，连连摆手。

"那是什么？"

"只是觉得我们不该这样。"

"不该哪样？"顾天忽然凑近夏光的耳畔，修长手指钳住她的下巴，掰正强迫其直视自己。浅色眸子内，仿佛有朵耀眼的妖花绚烂绽放。

夏光被捏得差点疼出眼泪，等顾天放手，下颚处留下了两道红红的印子。她擦了擦脸，嘟起嘴巴道："臭小子，你弄疼我了！"

顾天也不相让，单手擒住她的胳膊，举至头顶，道："那又怎样？"

他笑容妖娆，话语暧昧，屋内负责送早餐的帮佣撇开了脸。夏光心下一惊，慌忙挣扎，却越挣扎越紧。

随着她的动作，顾天眼内渐渐泛出冷光。那寒意，配上嘴角尚未褪去的笑容，竟生出绝望的味道。

脑海浮现可怕的幻象，仿佛顾天手里变出了把刀，插入自己的心脏。夏光停止了所有的动作。

时间在老旧时钟的晃动中悄然而逝。她将目光从天花板移到顾天脸上，再移到天花板，张开双臂，攀上了顾天的后背，双手渐渐收拢，将他揽入怀里。

一个很脆弱又温暖的姿势。

“其实我比你疼多了，因为你一疼，我就很疼啊！”夏光道，“一直想要告诉你，你对我很重要，和苏曦止一样重要。可我怕你骂我贪心，骂我做戏，怕你非要逼我说出个黑白分明。”

“怕？”顾天忽然笑了，“你怕什么呢？怕最后逼你承认还是苏曦止重要吗？”

“他确实比较重要。”夏光认真道，“如果非要有个孰轻孰重。我选他，甚至不会选我自己。”

“夏光啊，你变了。”顾天站起身，整了整笔直的西装，朝阳越过肩膀，散射出夺目光彩，让他的面容也变得刺目，“你第一次这么心甘情愿地抱我，也第一次这么干脆地拒绝了我。”

“有吗？上次当着那么多人的面撕了你的照片，一直想说对不起。”

“不，那不一样。”顾天摇了摇头，勉强笑道，“上次的你啊，还很痛苦。”

“因为我真的很过分啊。”夏光不安，“回家一晚上都睡不好觉。”

“不，没有这次过分。”

“这样不对吗？”夏光困惑，头次感觉顾天那样难懂。浅色眸子仿佛雨天玻璃，蒙着雾，盖着水，在看不见的另一面下着瓢泼大雨。少了高贵，多了自卑。

她不安地拉住他的手。从小时候的很多片段说到长大的每次出游，声音像春日里的百灵鸟。她把感觉都讲了出来，试图唤起对方一点点共鸣。可抓得越紧，推得越远。

顾天面无表情地听着，表情嘲讽：“你觉得十九岁生日那天送我的礼物最棒？”

“对啊！”夏光道，“跳舞的熊，很可爱！一只大的，两只小的。当时杨晓非说是熊爸爸领着两只熊宝宝。你争辩中号的更像熊妈妈！当时就想，你以后的女朋友会长什么样呢。想着想着啊，我就笑到内伤，顺手把熊塞给你时，你居然脸红。超可爱！”

“是吗？你是不是连我孩子什么样儿也想过了。”

“你怎么知道？”夏光笑成一团。

“也许我是最了解你的，可就是不愿承认。”顾天笑容空洞。

冬季下了很大很大的雪，纷纷扬扬，夏光欢呼雀跃，用力甩动着手臂，呼喊身后的男孩。男孩看着苍蓝的天空，拼命往前走，只是他太慢了，又犹豫着要不要和女孩并肩。一阵大风后，黑童话的冰雪王国，在岁月辗转中，碎如齑粉。

顾天走出房间，烦躁与戾气在胸内升腾。他走过雕梁画栋的阁楼，在回廊处顿住脚步。绿树掩映，苏曦止颀长的身影出现在尽头。

“哥哥，你是来看夏光的吗？”顾天见苏曦止径直走来，脸上带笑，双腿交叉，伸展着身体，这是个富有侵略性又自大的姿势。

“你很失望？”苏曦止从头到脚审视自己这个所谓的弟弟。

“最失望的应该是爷爷吧。”顾天笑道，“虽没拒绝，但也诚然不想帮你保护夏光。”

“最危险就最安全。至少在这里，你不敢明目张胆地动她。”

“哥哥，我想你对我存在很深的误会，我是不会亲自动手将夏光怎样的。你才是最后杀掉她的人。”

苏曦止微仰起头，闭目，似在极力忍耐什么，双眼睁开漆黑如墨：“我很好奇，曾经我们的关系。”

顾天大笑。他站起身子，走进一旁的竹轩小榭，修长素白的手娴熟地拿起茶壶，水流倾泻，落在紫砂杯内，热气氤氲。茶叶起起伏伏，他恭敬地将其端到苏曦止面前：“沸水煮茶最易，可你却不喜。吃茶便是真吃茶，最爱茶叶中淡淡的苦味与芬芳。我六岁成为守护者的第一件事情，是学习如何向你敬茶，以及……如何取悦你。”

“你就这般取悦我？”苏曦止讽刺。

“哥哥，你知道何为神吗？既造人类，便被敬仰敬畏。同时杀伐果决，惩其邪弊。而你一直太善良了，甚至是软弱。理想主义，迟早自食其果。”

“你在当面诋毁我？”

“从小到大你都只想当个普通人，可你是人吗？”顾天忽然走近苏曦止，贴住他心口的地方，刻薄道，“虽然在父亲和爷爷眼中，你神性已褪，他们看你只是看个普通孩子。可离开顾家大宅，人群中的你又是什么样子？恐怕没人比你自己更清楚了。你若不度众生走神道，众生便引你坠魔道。”

“我有自己的想法，不需要向你解释。”

“呵？”

“看来，我说的话你是没法明白了。”苏曦止忽然拽住顾天放在心口的手，缓缓举高，以人类正常情况下完全不能做出的角度，将它扯了出去。顾天嘴唇咬破，冷汗瞬间布满全身。“离夏光远一点。这是我最后一次警告。”

“如果拒绝呢？”

“那就不只是胳膊这么简单了。”苏曦止干脆道，“这是命令，背叛它，死路一条。”

茶杯在半空被削成两半，插进顾天脸侧的木墙内，紫砂的尖端微微颤动。

“大少爷，您真的不需要再打扫下吗？”顾家大院内一负责清洁的女子惊恐又疑惑地问。

苏曦止摆摆手，推开门。

别院清幽，冬去雪尽，春花盘绕着穹枝，绽放在红瓦绿墙上。风过落花，寂寂寥寥。

光阴在辗转中，爬裂了窗棂，磨旧了木门，唯一不变的似乎只有这里的主人。

苏曦止修长的手指抚过木质家具，打开书柜上的烫金大书。上次来是做贼，如今却有了闲情雅致，他将柜子上的书本本翻过，几乎每页空白处都是清秀隽永的字迹。思维缜密，见解独到。他一边惊叹，一边越发觉得新奇。这感觉太过滑稽了，真没法将这里的主人和自己联系起来。

时间在指尖缓缓流逝，浑然不觉中，他已在房内待了大半个下午。诡异的感觉随着夜幕降临，蔓延至身体每个角落。他扫视着书本上密密麻麻的蝇头小字，手上动作越发急切。

苏曦止洞察力极为强大，没有任何微小细节能逃过他的眼睛。他能从雨天鞋子溅起泥点的高度，看见一个人走路的姿势，从椅子摆放的角度，推出他人的性格。从屋内物品的折旧程度看出对方的爱好。任何人的过去、现在、未来，犹如被切片，在他眼中，无所遁形。

可这次，面对曾经的自己，他竟是看不透的。原封已久的房子，保持着种近乎诡异的状态，曾经生活过的痕迹被抹去。甚至一页页去翻那些笔记，也感受不到情绪与个性。他机械地分析着那些艰涩难懂的物理化学知识，对自己的生活却讳莫如深。他的世界无比广袤，关心树木，关心山川，关心沙漠，关心宇宙，却唯独没有自己。这极端的反差，使整个人仿佛被泡在空虚之中。

这就是自己？

不，不会是这样。

苏曦止站起来，竭尽全力寻找自己存在的证据。他拉开椅子，如十年前那个少年般，端坐在宽大的桌子前，拿起一只钢笔，抽出一张白纸。

他必须写些什么。那些作业？那些公式？还是从文学作品里摘抄的段落？

他只会去写这些。

这才是他，无聊透顶，却无比真实。

可内心应该不只这些。苏曦止闭上眼睛，不断摸索着桌面，猛地扯掉其上覆盖的薄薄咖啡色桌布。

终于，他瞥见了自己。

那是张昂贵的雕花楠木桌，和无数坐在桌前写作业时会发呆会乱想的男孩子一样。十年前的自己拿着笔，怀着虔诚，一笔一画地将那两个字，刻进了心里。

夏光，夏光，夏光。

满满一桌子的你。

等顾天走后，夏光躺在床上望着天花板，阵痛已减轻不少，却似胸口罩着个大大的盖子，压得喘不过气。

暖阳在地上泛起白光，她百无聊赖地拿起手机，准备刷刷网页。可屏幕一亮，竟有三个未接来电，清一色显示杨晓的名字。

夏光吐吐舌头，正欲回拨，杨晓却又迫不及待地打了过来："夏光，告诉你一件特别惊悚的事！"

"哪里惊悚，你分明听起来很兴奋。"

"什么啊！我身边出现了谋杀！谋杀！现在顾氏已在公司内部安插了顶尖级办案专家。宝宝的精神都快崩溃了！”

“杨乐又给你设置真人恐怖片场景了？”

“你不信我？”杨晓奓毛，“来！来！来！我们当面讲！”

“我在顾家。有点特殊原因，估计这段时间都出不去了。”夏光犹豫了下，还是说了实话。

“天！我的人身安全已受到了严重威胁，你居然还扯这么离谱的谎言搪塞我！还是好姐妹吗？”杨晓喊，“顾家大院？别开玩笑了，你说你在外太空比较靠谱。”

“我干吗要骗你。”夏光无语。

“哈哈，顾家什么样子？是不是和传闻一样，落后新中国几百年啊。”杨晓哈哈大笑，“你怎么还有手机用？不该飞鸽传信，烽火传书吗？”

“我挂电话了啊。”夏光翻了个白眼。

“别啊，这人说出来你还认识！”杨晓睁大眼，一字一句道，“杜纯纯！”

夏光情不自禁地“啊”了声。

“意外吧！”杨晓道，“杨乐在一旁屁颠屁颠地填尸检报告时，我几乎还没反应过来。”

“怎么会是她？”

“鬼知道，大概老天开眼了。实话说，杜纯纯这几个月整我整得厉害，背后咒她早点死咒了好几次了。我虽不是什么坏人，但也委实算不上好人。她死，我不伤心。”杨晓道，“不过，也太蹊跷了，一点预兆都没有，还以为她要继续在你和顾天之间上演宫斗大剧呢。

我感觉简直意外到尸体像从天花板上掉下来的，整个人都蒙了。这说不通啊。”

一股寒意顺着脊骨蔓延进心里，这段时间发生的事，犹如珠子般被串了起来。顾天面对杜纯纯时脸上的笑意，和他攥紧的双手在眼前闪现。他说，我会让所有伤害你的人付出代价。

“不会是顾天。”夏光本能地抗拒道。

“你神经啊，顾总才不会因为杜纯纯欺负我就杀掉她，哈？他说不定都没发现宝宝被针对了！”杨晓说着，猛地反应过来，惊讶地喊，“你到底在讲什么？”

“没什么。”夏光摇摇头，惴惴不安地锁紧眉头。窗外苍蓝天空之上，云山高耸，渺远到仿佛存在着另一个无边无垠的世界。落花飘逝，窗前风铃叮叮作响。她揉了揉眼睛，若无其事地对着电话里的杨晓打着哈哈，狠狠将水果盘中一只水灵灵的大梨丢进池塘。

红鱼摇曳身体，猛地窜入深水，只剩幽红一点。

为什么是这个样子！一定不是这个样子！她绝不要这个样子！

她毫无预兆地挂了电话，在房内走来走去。说不上有多悲伤，也似乎没有多愤怒。或许经历了时间与往事洗礼的悲伤与愤怒本就如山间鹅卵石般光滑无害了，它们层层叠叠地堆在一处，就是几千万年。

水滴顺着宽阔屋檐缓缓流下，在院前砸出一个个高脚杯型的水花。夏光伸出手，雨水聚成小流，调皮地钻进袖子。她将袜子脱掉，坐在回廊内，仰头看着头顶大梁上一只琉璃彩绘灯。

这段时间发生的事太不寻常，她有些恍惚，胸口的伤已好大半，但依旧牵扯着疼，被困在偌大庭院内，远处大厦在雾气中如海市蜃楼。她觉得坚信自己在不久前的大火中死掉更现实些。

这是哪里？唐朝？宋朝？还是穿越到了任意一个架空时代？

正寻思着，一柄白色飞花油纸伞，穿过阁楼，由远及近。苏曦止一身素衣古服，踩着迸溅的水花，拾阶而上。

夏光抬头看着水滴划过他的面颊，落在精致锁骨上。

雨水声哗哗大了起来。

“小心感冒。”苏曦止碰了碰她划水的双脚，笑道。

心仿佛被大雨打进池塘，沉沉浮浮。夏光想起第一次来顾家的梦境，天际云端，似乎响起了鲸鸣。

她慌乱地看着苏曦止蹲下身，双脚传来厚实的温度。他小心翼翼地帮她穿起鞋袜，之后左手飞快地搭住她的肩膀，右手抬起她的双腿，猛地提到半空。

一个公主抱。

夏光叫出了声，抓住苏曦止的衣服，强有力的心跳近在咫尺。望着那双灿若星辰的眸子，她不禁羞红了脸。

苏曦止抱着夏光走进房间，坏笑道：“不要到外面。你伤口刚好些。你想做什么？看书？玩游戏还是别的？”

秘鲁的的喀喀湖那幕犹如电影重放。夏光握紧手指。看着苏曦止精致完美的五官，挣扎起来。

如今，气氛温和，很想把事情说清楚，可隔着十年时光和一个人所有的记忆，如何解释得清？

出口的，都太苍白。

分明那样挣扎，那么不愿面对，可思恋一如海潮。

沉默变得难以忍受。

“其实，我用钥匙打开神之门……”夏光细声细气道。

苏曦止抱住她肩膀的手紧了紧。

夏光愣住，怔怔望着他。

“其实，我只是怕你雨天无聊，过来陪你。”苏曦止促狭笑道，“至于那件事，现在已没兴趣听了。”

“可是……”

“我既把钥匙给你，那秘密就是你的。夏光，我对你的好是不求回报的，不需要这样没安全感。”

“可你一定很失望！还很伤心！”夏光的眼骤然红了。

“看见你的那刻，真气不起来。我也是没办法呀。”

“为什么要对我这么好！我很坏啊！”眼泪像断线的珠子，涌出眼眶。夏光不停用手去揉，可心仿佛被窗外大雨浸润，沉甸甸湿漉漉的，无论如何都干不了了，“我分明一点都不好，不值得你这样！”

苏曦止沉默，他半蹲在床边，忽然低下头，灿烂一笑：“可整个世界，我只有你啊。”

只有你，是我在乎的。除了你，我别无选择。

夏光震惊抬头，脸上五官因悲伤而扭曲，她哽咽起来，号啕大哭。

苏曦止，这是我听到的最动听的情话，可请你，不要悲伤。

次日，雨后新池，红鱼绿泥。

顾天在门前吹了声口哨，晃进夏光的房间，一个大大的鸟笼被放在桌上。

“夏光。看我给你带的什么？”

“喵喵！”

夏光猛地直起身子，盯住扑抓着笼子的兴奋猫咪。

“你怎么把我家的猫关进笼子的啊。”

“关？依我就把它煮了。它一只猫待在你那出租房里，若是没人解救早饿死了，居然敢挠我。”

“一定是你太不温柔，欺负它了。”

顾天摇头，伸出手臂，三条挠痕尤其刺目。他凑到夏光面前，似乎想博取同情。可感受到苏曦止看过来的目光后，只得懒洋洋转脸笑道：“哥哥，你来得蛮早嘛。”

“不早，昨天没走。”苏曦止目光灼灼。

“这么说，是我来晚了。”顾天笑了起来。

“你误解了，最好别来。”

房间内的气氛降到了冰点。

夏光坐在床上，脸顿时烧得通红。她试图缓和气氛：“就让顾天进来坐一会儿吧。”

苏曦止冷若冰霜，站在门边没动。

顾天眯了眯眼睛，径直越过苏曦止道：“夏光，父亲要我通知你件事。”

顾家等级森严，很多事一般会让下面帮佣跑腿，这几天夏光逐渐熟悉了规矩。她瞪大眼睛，好奇地等待着。

“其实，也不是什么大事。苏曦止继任顾氏集团总经理，父亲决定举行次盛大宴会。”

“地点在顾家大院？”夏光打开顾天递来的请帖，情不自禁地念出了声。

“这不可能。”苏曦止锁紧眉头。据他所得情报，顾家大院被天狼星人列为地球S级禁区，隐藏着很多不为人知的秘密。家族本身极其古老，早在元朝铁骑踏遍中原时，已生根发芽。明朝海运漕运商品经济发达，顾氏先人在这带积累了惊人的社会财富。到了清朝，更是势头难挡，位极人臣。到了革命火种燃遍全国的民国时期，他们非但没有衰落，反而扩展到了世界各个角落。相传，顾氏与东南亚及北欧一些皇室保持着良好关系。早在地产行业还未如此发达时，便购置了太平洋大西洋上十几座风景宜人的小岛，而A市所谓的顾氏集团总部，其实只是这庞大商业帝国的冰山一角。几百年的风霜积淀，一股神明与守护者之间的力量纽带不停支撑，早已成为当今世界繁荣的经济政治局势下一股暗流。

它，到底意味着什么？

如今，这个古老家族要向所有人展示它最神秘的一面了。

时光中斑驳的顾家大宅，晃动起沉重的门扉。

数百年，出生至死亡，第一次。

“你确定这只是场宴会？”苏曦止阿谀道，“还是另有他意？”

“哥哥。”顾天笑道，“你应该比谁都清楚，变化已经开始。”

夜幕四合，青石小径染上瑰丽的红。夏光踏着晃晃悠悠的楼梯，爬到阁楼之上。这是这片古建筑群落的最高处，巨大殿宇笼罩在红光中。千年时光在风中飘荡，阴影和秘密在黑暗中潜行滋长。

望着远方归巢的鸦群，夏光心中忽然升起丝莫名惆怅，实在无法想象，平淡无奇的景致中，竟然隐藏着关于宇宙间两文明的秘密。

是阴谋？

谁又知晓？

口袋中手机突兀地振动起来。夏光疑惑地接起，一好听又亲切的男声问候道：“你好，夏光，我是杨乐。知道你一定好奇我为什么给你打电话。这样，什么时候有时间，我们见面聊。”

“可我这段时间不方便。”

“这事太费脑细胞，我一个人想不清。”

“给杨晓的真人恐怖片场景设计遇到难题了？”夏光不禁笑出了声。

“不，是十年前UFO事件真相。”

“我不明白。”

“十年前的事我有了突破性进展，希望你和我核对一下细节。”

“上次你果然骗我！”

杨乐懒洋洋道：“爱来不来，只不过这件事的真相恐怕不仅仅是真相那么简单了。苏曦止被牵扯进前几日那场火灾谋杀案，很有可能被逮捕。”

“不可能！他根本不认识杜纯纯！”夏光失声喊道，“你到底怎么当的警察？”

“当不当都证据确凿。”杨乐道，“连作案动机也有苗头。”

“诬陷！”

“现场指纹，指甲内存有的毛发，血液溅起判定的凶手身高，甚至死者被性侵后身体内残留的精斑……”

“你说苏曦止对杜纯纯先奸后杀？”夏光简直被气笑了。

“英雄所见略同。”杨乐翻了个白眼，“我也相信，杜纯纯把苏曦止强奸了似乎更符合逻辑，毕竟以前上学时简直全校妹子都想非礼他。”

“……”

“我可是系统研究过的。”杨乐严肃道，“虽然苏曦止无聊透顶，一上课就花很多时间发呆，喜欢一个人站在窗前看下雨，一个人放学打扫卫生，一个人在琴房练琴，但真不妨碍雌性动物们把他视为男神。以前啊，他只要往女生堆里一望，定能引发场血案，十个女生九个心花荡漾，还剩一个，大概晕头转向。”

“你居然把另一个男生观察得这么仔细。”

“大概他物理比我好吧。”

“……”

等下了阁楼，四周已经完全黑了，夏光小心翼翼地扶着木质梯子走进花园。苏曦止靠在树边，一看见夏光，漆黑眸子仿佛被星火点燃。他嘴角带笑，温柔牵住她的手。

“看见我就这么高兴吗？”夏光忍不住道。

“这几天都很高兴。”

“怎么啦？”

“因为每天你都在啊。”

“什么时候这么会说情话了。”

“我不会说情话，这是真话。”

夏光走到前面，忍住不看苏曦止的脸。屋内灯光温馨朦胧，她拿了本小说，递给苏曦止一封装华丽的地理类大书，捂住他的嘴。

苏曦止啧了声，斜靠在床边，一只脚盘着，闲适慵懒。书在手中慢悠悠打开，沿着表面划了划。

“你不想看吗？”夏光奇道。记得上学时苏曦止最爱看的就是地理类杂志。

苏曦止未语。

“那你要做什么呢？”

“看你啊。”苏曦止啪的一声合上书本，慵懒道。

“你以前可不是这个样子。”夏光推开他，面颊一红。

“我以前也经常看你，只是你不知道罢了。”

“不可能。”

“是吗？”苏曦止眉眼弯弯。

夏光忍不住往旁边挪了挪。苏曦止瞧着夏光紧张的神情，笑出了声。他的眼睛莹莹闪光，颀长单薄的身影在月光下犹如披着层轻纱，让人移不开眼。忽然，他猛地将被子扯开，在夏光的尖叫声中，轻柔盖在身上，身体碰到开关，整个房间暗了下来。

“睡觉。”

“现在啊？”

“对。我还从没和女孩子睡在一张床上。”苏曦止的声音中透着好奇。

夏光勾了勾嘴角。被子犹如羽毛落在头顶，她侧过身，仔细看苏曦止的脸。黑暗中，他的鬓角如被刀裁，下颚线条精致完美，皮肤笼罩着层淡淡的月光，嘴角微微向上，显出少有的孩子气。

心的某处被填满。

他看起来真的累了，呼吸均匀，绵长平静。那感觉很奇妙，仿佛已过了一世时光。

夏光靠在苏曦止肩头，将盖住他双眼的手拿开，看着微微颤抖的睫毛，好想好想把它们一根根数一遍。

在心里，在长满繁花的悠悠岁月里。

A市城区中心街道笔直宽阔，人群熙攘。摩天大厦犹如一只只修竹高耸入天。雨后新晴，丝云游走。夏光神色紧张地四下张望，一头钻进街边一家咖啡厅，顺着别具一格的陶土小径顺势而上。在开阔天台上，杨乐正跷着二郎腿，一只手支着脑袋，另一只手慢悠悠地晃荡着电脑鼠标。见到夏光，他叼着棒棒糖的嘴咧了咧。

“你真的是警察吗？”夏光对他翻了个白眼。

“大家都说我长得像卧底。贩毒，走私，杀人越货。”杨乐直起身子，瞧着夏光一脸嫌弃，十分满意，“你从顾家大宅溜出来，是苏曦止送你的吧。”

“嗯。”

“他没跟来？”

“没有。”

“你保证？”

“苏曦止不是那样的人，他会在穿过这里的下个路口等我。”夏光纠正。

杨乐眼中闪过丝狡黠：“好，既然有这么个保镖，又有什么好害怕的。来，来看看这个新世界。”

夏光顺着杨乐的目光，不由自主地朝远方看去。在高耸入云的两栋楼之间，正好是旧城改造区。低矮的建筑群内，被烧毁的商贸大厦孤独而荒凉地伫立着，像道抹不掉的伤。夏光心内阵痛隐隐，她挣扎回过头：“太远，什么都看不见。”

“谁让你看那儿，我让你看这儿。”杨乐点了点大厦旁的巨型广告牌，“来，跟我念。”

“充电五分钟，通话两小时。”

“有什么感想？”

夏光歪了歪脑袋：“李易峰的眼泡真像蛤蟆。”

“我们重新开始，可能顾家大宅已经把你的智商待出了原始人水平。”杨乐捂住脸颊，在夏光愤怒的眼神中，无力摆了摆手，他正欲说话，却见夏光的神色变了。

一瞬间，仿佛遥远宇宙时空发出了声悠长巨响。星河璀璨绚烂，隐藏在其中的某些黑暗生灵窃窃私语。天台空了，下方的人群也越发渺小，整个世界只剩黑暗的无尽深渊，和那不停旋转的金色神之门。

“它还在那里！”夏光尖叫了一声。

“Bingo。”杨乐站起身子，“你在顾家大宅疗养这段时间，老城改造区被完全封锁，里面起码进驻了一个师的兵力。人类社会表面很平静，实际上早已恐慌混乱到无法想象。美国、俄罗斯、欧盟，目前全世界任何一个国家的首脑都已密切关注到，在中国北方一地级市，出现了磁场异常地——一个实体的微观虫洞。各种异化现象层出不穷，虽从远处看没什么值得害怕的，但实际上由于强烈辐射，那附近早已寸草不生。不过，也不能说全然都是坏消息，至少在中国，不利于维稳的异声被清除，消息被封锁在A市内部。”

夏光再次审视了一遍那个造型夸张的广告牌，苏曦止的话语在耳畔响起：人类目前没有任何能力将这个虫洞进行掩盖，甚至不懂如何开启。

“这么白痴的伪装招数是谁想的？”夏光忍不住问。虽然通道只有针尖大小，但散发出的能量十分巨大。又厚又粗的特种钢材从地底支起，搭成一个框架，犹如灯箱般发出金色光芒，简直欲盖弥彰。

“你说谁白痴。”杨乐喊道，“局长可是在家连夸了我三天。”

“你们当官家的小孩，在家里喊爸爸妈妈官名吗？真是拿腔拿调。”

杨乐坐回沙发，换了一个更加舒服的姿势：“不打断话题了，时间有限，下面我们来说说。夏光，你要如何拯救这个世界。”

“我？”夏光瞪大了眼，“不要开玩笑。我没这个能力，那些事情应该是军国首脑讨论的。”

“那就说说如何去救苏曦止。”杨乐的眼神透着鼓励，“十年前的事情，到底记得多少。UFO事件，苏曦止从地上被吸起，究竟发生了什么。”

“我很害怕，特别害怕。”夏光在座椅上沉思，睫毛微微颤抖，“那些巨型的古怪飞行物吸引了所有同学的目光。孩子们像一只只从巢中探头的鸟儿，全部挤到窗前，更有些兴奋地跑出教室。走廊里，操场上，一片混乱。数学老师声嘶力竭，色厉内荏地让我回教室罚站。但场面已经失控了，可我没心情理会那些，大脑一片空白地遵从命令。也不知站了多久，直到手脚冰凉，我蜷缩在角落埋头哭泣。外面骚乱声不知什么时候平息，似乎还有几声巨响，可我真的很伤心。也不知道过了多久，后来拿着书包就回了家。”

“没了？”杨乐愣了。

“你还要听什么？”夏光道，“真的就这么简单。”

“没有其他值得注意的细节？”

夏光茫然摇头：“我哭得太厉害。”

“没人中途回教室？所有人都去了操场？”

“十年了，谁会记得。”夏光皱眉，“而且，你应该明白……”

杨乐心中一凉，那间灰暗的病房，在时光中咣当一声被打开。潮湿阴郁，无法逃离。他摇了摇脑袋，继续道：“第二天发生了什么？”

“食物中毒。没人承认UFO，甚至我的同学全部坚定认为苏曦止在转学回家的路上，遭遇了车祸。”

气氛沉闷压抑，过了很久，杨乐才泄气道：“看来，确实做得天衣无缝。”

“还有一种可能，”夏光犹豫，咬了咬牙，“我是特殊的。”

“什么意思？”

“那天在学校，我听到了很大的响动，但蜷缩在桌子下面，根本丧失了任何想要一探究竟的愿望。一定发生了什么大事。”

“你想说你体质有异？”杨乐哑然失笑，“其实，你才是外星人吗？”

“我一定不是普通人。这十年很多事我一直没想明白，但有个想法却逐渐成型。校园中毒事件，我是特殊的。”

“那么就能很简单地推测，我们知道的就是真相。苏曦止确实被带走了。车祸真是个精妙的谎言，于你，于苏曦止，一箭双雕。”杨乐似乎在脑海中将当日景象全部重构。白鸽飞过操场，烈日炎阳，一切都像炼狱，他忽然站起身子，激动道，“还有个细节，抢在上课时间堂而皇之带走苏曦止，一定有个突发事件，让那群生物措手不及。”

“可还有种可能，他们，根本不在乎影响。”

“听你的叙述，他们至少还编造了一个苏曦止转学的谎言。所以一定发生了什么不得了的大事，必须马上带他走。不过如果真是高出人类文明几个层级的外星生物，那确实无能为力。”杨乐的语气罕见认真，“十年前和十年后，苏曦止都在劫难逃。他们的科技与视角，蒙蔽人类，像忽悠一群虫子。”

阳光隐没，层云覆盖。远处商贸大厦烧焦的墙体像被虫蛀过的孔洞。夏光低头搅着手指，咬紧嘴唇，鼓起勇气：“不，十年后，他们的目标不是苏曦止，而是我。”

风过影动，天台白帷翻涌。

不要再害怕，更不要再退缩。为了生命中的美好，当个勇敢的人啊。

求你了。

求求你啊。

穹顶微光闪耀，顾天站在A市最高层，冷漠地看着这座孤独的城市，面容在毛玻璃后朦胧出了模糊的质感，浅色琉璃瞳中的光芒如樱花飘飞幻落。

黑暗妖异，又君临天下。

他从办公室制冷冰箱中拿出杯香醇浓郁的葡萄酒，倒入杯中，悠闲地晃了晃。如墨汁般浓重的影子游走上身，面向被烧得焦黑的商贸大厦，发出阵阴冷的笑声：“如今，整座城都是你的杰作。人类开始害怕了。”

“不，它是属于历史的。天狼星和地球都未开启的纪元。”顾天道，“而我，只是个无名者罢了。”

“伟大的无名者。”黑影道，“神明不会忘记你对降临做出的贡献。”

“你这么说是想让我心甘情愿当颗棋子？我可不是被你们洗掉记忆的苏曦止。”顾天嘲讽地笑了。

“你的计划是什么？”黑影爬上顾天的肩膀，语气中是少见的渴望。

“在你们眼中，人类是什么？”

“蚂蚁！虫子！”

顾天忽然笑了起来，歪着头将红酒倾洒向下方蝼蚁般的人群：“那么，我就用他们的力量，帮神明找回遗失的王座。”

世界，将匍匐在我的脚下。

夏光蹲在车水马龙的路口，双眼无神地望着来来往往的人群。不知为什么，自己给苏曦止打了十几个电话，每次都发疯地想要听到他的声音，可又忍不住挂掉。悲伤和焦虑无法遏制，从未有过这种感觉，仿佛有什么黑暗的东西正吞噬着希望，张牙舞爪。她的行为变得毫无逻辑，举止更是怪异至极。

好想在大街上跳舞，抑或大声哭泣。可谁又理解得了？不过是个很悲伤很悲伤很悲伤，又毫无能力改变一切的笨蛋罢了。

拯救世界，不要开玩笑了。

要勇敢，要坚强！可再勇敢再坚强在如此残酷的现实面前有用吗？

没有出现在和苏曦止约定的任何地点，夏光一个劲往前走，仿佛走得够远，就能摆脱设定的命运。

难道十年前的他们没有在苏曦止身上找到想要的东西？而如今……

晏生饱含恶意的话语带着十足轻蔑："杀死你背后的真实原因其实很简单。你身上的血，含有完美抵抗地球法则的疫苗，只要拿到，天狼星人就能顺理成章地降临。神之降世，开天辟地。"

她不知道自己在害怕什么。只是和杨乐聊过后，原本残缺的碎片形成了巨幅的图景。惊悚的答案出现了，十年前是苏曦止，十年后是自己。

自己和苏曦止是何关系？

一切的答案……似乎连这玄而又玄的爱情也变得能够看见真相……

苏曦止的电话又打了过来，夏光迫不及待地接通，又万分烦躁地挂断。

最后，不知走过多少路口，她在一街心花园停下。透明的泡泡在空中上下翻飞，仿佛一个个脆弱梦境。

"要不要喝？"忽然，头顶响起一熟悉的声音。

夏光微微眯起眼睛，迎着太阳看着苏曦止俊朗的眉眼。他手里抱着大杯奶茶。

“你怎么了？”见她不说，他又问。

夏光摇了摇头。

“今天送你出顾家时，不还好好的。”苏曦止蹲下身子，认真看着夏光的脸。他的周身散发着阳光的味道，温暖肆意。夏光撇过脸。

“来大姨妈了？”

“你才来大姨妈了！”

“终于理我了？”

苏曦止笑了起来，刮了刮夏光的鼻子。

“走开！”夏光气愤地打掉他的手，奶茶泼了一地。

苏曦止的脸色变了变。他站着一动不动，似乎想弄明白发生了什么。

“我有些不懂女孩子了。”苏曦止困惑。

“我也不懂！”

“那你现在生气的事情和我有关？”

“不知道。”

“那就是没关了？”苏曦止道，“等你气完，我再接你。”

夏光腾地站起身子，委屈地抓住他的衣角。

苏曦止笑了起来，搂住夏光的腰，把脸放在胸口狠狠蹭了蹭：“那就不要生气了？”

“不要！”

“你到底要做什么？”

“我要吃大餐，逛公园，看电影，去旅行！”

“我们可是偷跑出来的。”

“去不了，我就要分手！”

苏曦止的脸色越发难看，他抓住夏光的手问：“你到底怎么了？”

“和我一起很难受吧！难受就不要在一起了啊！”

苏曦止怔住，手机在口袋里不合时宜地嗡嗡作响，但他充耳不闻，声音冰冷：“走吧。”

“我又不想去了，我要去看看那座商贸大厦！”

“我终于明白人类社会有一个字是什么意思。”苏曦止有气无力道，“女孩子真作。”

“觉得我作就更不要理我啊！”夏光尖叫，她讨厌这种气氛，更讨厌苏曦止越生气反而越冷静的性格，她实在太想激怒他，“反正我讨厌死了！”

“我到底做错了什么？什么都不讲。”

“谁知道啊！”夏光大哭起来，“我也不知道我做错了什么。”

苏曦止彻底沉默，他挨着夏光坐下。

午后公园满是欢声笑语，孩子们和大狗在草坪上撒欢跳跃，巨大榕树漏下一片斑驳，从东面到西面，时光扭转飞逝。

夏光低着头，一动不动地看着自己的脚尖。不知过了多久，天边晚霞满天，鸟儿归巢鸣叫。她的屁股坐麻了，红着眼睛任性道：“我就是要看商贸大厦。”

“那就去。”苏曦止的声音透着股心碎与决绝。

“你说来不及。”夏光哭了起来，“做什么都没用，再努力又能怎样？”

“来不及又怎样？”苏曦止嘲讽道，拉起夏光。

大地在脚下猛地消失，整个人忽然腾空在天。苏曦止抱着她，像鸟儿穿梭丛林。周围一切变得花花绿绿，只剩天空和脚下黑压压的人群。风呼呼作响，夏光抑制不住尖叫，仿佛被一根无形的绳子牵引着，她将头死死埋进苏曦止的胸口。

“你怕了？”苏曦止压抑着笑声，“刚刚还说不想要我了。”

夏光面色苍白，她试图放开苏曦止，直起身子，却见自己如只轻盈的燕子，停在商贸大厦楼顶。

大量堆积的陈年杂物被清除殆尽，不少荷枪实弹的军人驻扎其中，直升机不停盘旋侦查。这是个严密的监视网。苏曦止贴着楼面，站在横七竖八的光缆上。若不是他无畏又自信的笑容，夏光早两脚一软，栽了下去。

老城区一侧平原开阔。苏曦止的面庞映着落日余晖，清澈通透的眼烁日融金。

被白日与暗夜交替的这刻震住。夏光双眼迷离地望着远方褐色的山峦。这是地球上最平凡无奇的小城，蹉跎了半世时光。

“高处的晚霞很好看，对吗？”苏曦止暖暖地笑了起来，歪头捋了捋她面颊上的乱发。

神之门的光晕干扰了下方很多人的视线，但这个角度依旧极不安全。几百部机枪四处搜索，大型火炮缓慢推进。夏光看着一脸正经看夕阳的苏曦止，一个特奇怪的词汇闪入脑海……很二很大条啊……

以前为什么就没发现呢？

方才的压力险些逼疯了她，夏光此刻反而有些释然了。她揉了揉眼睛，不希望苏曦止看见狼狈的自己，可越揉鼻子越酸。眼泪断了线般流淌，就算是用尽力气按压依旧毫无用处。心中下起了瓢泼大雨，越来越大，她无声地号啕大哭。

“你怎么了？”苏曦止慌乱地问。

他如一只轻盈的鸟儿，闪进下方一扇打开的窗户，缓慢而专注地擦掉她的眼泪。

“没什么。”夏光狠狠地摇了摇头。

“接下来去做什么？”苏曦止问道，“还想看其他几座神之门？”

“还有？”

“当然，超光速旅行至少在天狼星文明进程中还处于理论状态。他们距离人类8.6光年，想要降临，自然不会笨到再经历次星际跋涉。”苏曦止道，“几万年前，他们航行到达地球，建立星际旅行的神之门。之后因疫病退出，还保留着不少遗迹。只是太久，能量损耗太大，能用的估计只剩一座。至于哪座，没人知道。”

夏光瞪大了眼。

“虽大型可用星门位置成谜。但的的喀喀湖此类却有不少。”苏曦止道，“有时现代科学家太狂妄自大，总低估古代劳动人民的智力水平。神话传说只是对现实无法理解，并不代表记录成虚。”

“你说像古希腊罗马神话中的宙斯阿波罗都是真的？”夏光失声惊叫起来，“那些全是天狼星人？”

苏曦止笑道：“我们可以去奥林波斯山看雪啊。”

“夏光，我永远都不会离开你。”苏曦止忽然伸手摸了摸她的头，“无论怎样。”

夏光无法形容此时的感觉，仿佛整个灵魂被注入了新的生力。

下方九街十六巷是外婆的老住处，蜿蜒曲折的弄堂小巷封锁着童年。一阵风过，年幼的自己跑啊跑，摔倒后，在青石板上笑容满面地站起。

第一次有人接纳内心深处那个脆弱、无助，又敏感的小女孩。

她放声哭泣。

那些黑暗，那些独自撑过的雨天，终将阳光满世界。

顾天望着阴霾密布的天空，浅色眸子内大雨滴滴坠落。伸出的假山，崎岖陡峭如龙首。他踏着突出山石，三步并两步，攀上巨大古松，回头伸手：“哥哥，你要不要上来？”

院内蜿蜒曲折的虬枝在一块块巨大黑石间时隐时现。山崖孔洞别致，似乎精心雕琢，又仿佛浑然天成。绵密的雾气荡在水面上，从上游到下游，荷花如无根浮萍，散发着温润白光。两个小孩在山石间跳动飞跃，这一幕在脑海一闪而过。苏曦止眨了眨眼，那欢愉的冲动被抑制下去。

“我不玩这种幼稚游戏。”

“以前倒没这样防我。”顾天笑了。

“我只想知道答案，不想浪费时间。”

“那可真奇怪。”顾天俯视，“你以前最爱讲结果无所谓，只要过程开心。”

“为什么夏光叫我猪宝贝？”

顾天一动不动地站在巨大迎客松旁，白皙修长的手微微握紧。雨幕浩大，苏曦止的眉眼越发模糊。十六岁的夏光出现在他身旁，转了大大一圈。白色裙子飘扬浮动，眼睛波光流转，笑靥如花。他们出双入对，走过阳光下绿树葱郁的校园。角落里苏曦止缓慢地推着秋千，影子在夕阳中拉得很长。

“哥哥，就算知道，我会告诉你吗？没义务啊。”他恶意摊开手，“你不要再说这个外号，要是想知道可以直接去问夏光。”

“过去与我一片空白。想要恢复只能获得天狼星核心智能网络系统许可。”苏曦止面无表情道，“不确定这个外号的背后有没有什么让她不快的回忆。”

“哥哥，你还真是温柔。与其关心这些无聊的事，不如想想自己。”

“不无聊，很重要。”

“不懂你在坚持什么。有意义吗？”顾天忽然跳下大树，语气急促，“你现在很危险，还是多关心关心自己吧。”

“我不需要。”

“看来你还没认清现实，你已被A市警方列入嫌疑犯名单，无论从作案动机到最后一轮证据，全部确凿无疑。面前只有两条路，要不隐藏身份，在人类社会规章制度下接受死刑。要不看看他们如何对待自己的神明。哥哥，你也并非毫无用处，让鲜血在地球引领场新的科技大爆炸吧。他们一定会对你的基因很感兴趣。千年前罗马总督如何钉死圣子耶稣。现代人类就会如何杀掉你。”顾天邪魅地笑了起来，他分明用语言讲述着一个故事，但磁性的声音仿佛在述说一个不变的诅咒，“命运尽头的死亡十字架不会改变。犹太人的王，拿撒人的耶稣。请求上帝饶恕每一个伤害他的敌人。黑色的血花开满了山岗坟头，只有死地的归来，才是荣耀。”

哥哥，你虽和千年前上帝之子一样高贵，体内流淌着神明的血液。可你终究没他幸运。试图挽救人类灵魂的耶稣至少被人铭记，而你，被族人遗弃。不属于人类，亦不同于天狼星。就算拥有无私的爱，也是挫伤自己的匕首。

最好不过笑话。

水流至假山，绕过殿宇，漫上绒绒青草地。

“顾天，我以前是个什么样的人？”

“一个傻瓜。全世界我见过的笨蛋加起来，不如你。”

“可我只是遵从内心的想法。”苏曦止看着大雨打出一个个高脚杯形的水花，争辩道，“这有什么错？”

“哥哥，我前段时间看了一个新闻。讲名牌大学学生在毕业时迷上了数学研究，进而耽误本专业学习，无法分配工作。三十年后，将近五十岁的他，没有一技之长，没有娶亲，只能待在村头的老榕树下残喘一生。”顾天笑了，“他的导师曾给机会重修，但他置若罔闻，坚持和数学有不解之缘，一定能出人头地，可那么多年，世界难题依旧是世界难题，而他在经历了无数不眠的日日夜夜后，寂寞没有成为成功的号角，埋葬的隐痛骤然爆发。你以为你在创造整个世界，忍受常人所不能忍，可那又怎样？得到什么了？没有认同，没有价值，甚至坚持本身都值得怀疑。人类总向往成为坚持者，可坚持久了，都是被耻笑的对象。”苏曦止面容冰冷。

顾天的表情越发愉快：“真是奇怪，我对自己感到惊讶。我怎么会给你讲这样一个故事，你应该是听不懂呀。你单纯得就像白纸，世俗的事情与你而言就是浮云流水，真想不通爷爷为什么要把总经理的位置给你，不是像我这样的人才会在商场之上为了点名利锱铢必较吗？在任何地方，你都是最优秀的。哥哥，那种优秀使你产生了种错觉。人类被创造之初，便被视为奴隶。你无法阻止，更无从对抗，甚至连延缓的能力都没有。你违逆不了命运，必须杀掉夏光，不要用命去搏。”

“我没有选择。我……很爱她。”

“无论是天狼星人统治地球，还是人类社会。我们都能很好地生活，为什么不圆滑一点儿。这世间哪有什么是非曲直，无非胜者为王，败者为寇。那些事情与你毫无关系！为何非要插手？去他娘的正义感，去他娘的善良，去他娘的拯救世界！一切不过是你的一厢情愿！你不是想当普通人吗？那就去做啊。就算是耶稣，如果不背井离乡，他永远是铁匠的儿子！为什么非要去当神！而苏曦止！你不用去做铁匠，顾家就会给你想要的最好生活！可你偏偏选择毁掉一切！”

“十年前发生了什么？”苏曦止望着情绪忽然失控的顾天，问道。

顾天自己也被震住，他眼底全是混乱的光，双手发抖，愤恨扭头。

雨，越发大了。

惊雷打下，照亮了顾父顾准冷峻的面容。他面对窗户，沉默背手，脸上线条越发冷酷。短短几月时间，岁月仿佛突然压下，让他平白添了好些年岁。

屋内气氛阴沉肃穆。

“都准备好了吗？”

“准备好了。”顾天站在顾准身后。今夜，他仿佛出征前的将军。

“爷爷那边呢？”

“他旧疾复发，正在医院。我们口风很紧，万无一失。”

“就让这千年的羁绊，永远消失吧。”

远处红漆门缓缓洞开，一扇扇，一扇扇。都市的灯光透进来，无数细小萤火虫上下飞舞。数千年的时光倾泻而出，仿佛一首永无息止的歌。

从顾家最高的山丘下望，大雨映着苍空，远处游乐场摩天轮瞬间变大。风过林海，神之门如大海之上的灯塔，奇幻瑰丽。

夏光穿着雨衣站在亭下。苏曦止说即使不离开顾家也能带她散心。她有些好奇地探头去瞧，只见他脱下笔挺的黑色西服，素白衣着，袖边上飞樱红艳，一个眨眼，两步一转跳上古亭。

“抓着我爬上来。”苏曦止伸手回头。

雨点贴面打下，浑身潮湿黏腻。夏光勉力四望，整个顾家被尽收眼底。

今晚，这片楼宇不知为何如此耀眼璀璨，无数烛火在风中飘摇。穿宅而过的水上，莲花纸灯悠然荡漾。假山、芦苇、木质的回廊构成了一幅巨型的山水图景。

苏曦止扶正夏光的身体：“闭上眼睛。”

夏光的心跳到了嗓子眼，手心全部是汗。苏曦止手顺着她的腰侧缓缓游向锁骨，一顿，停止。他解开了她衣服的第一颗扣子。

夏光噘嘴打了下他的手臂：“你到底要干吗？”

“错了。”苏曦止将头埋进她的后颈，笑了起来，“我酝酿下感情。”

旋即他闭上眼睛，微扬起头。

四周静得只剩波涛般的风声，紧接着哗啦一下，苏曦止解开了夏光的雨衣。大雨泼来，但也就在这一瞬，一股暖流从身后发散而出。

夏光双脚离地，惊呼着睁开双眼。

一双超大的白色羽翼朝天张开，羽毛纷扬。四周冷硬的黑瞬间变得梦幻，巨大的光环遮住外界的大雨。

苏曦止缓缓地升向了空中，牢牢地抓住她抱住：“别怕。”

顾宅越变越小，灯如星海流动，整个城市蜕化成一片小点。东北平原纵横千里，汹涌如黑色的大海。

夏光情不自禁地将手伸出光圈，她想起那个古怪又惊悚的梦境。苏曦止将她从窒息中拉出，他告诉她，他一直都在，她不顾一切地抱住他，却被刀贯穿了身体。

希望梦是反的。

“这里应该没人打扰我们了。”等上升到一定高度，苏曦止低头一笑，他在怀里摸索，取出一叮咚作响的吊坠。

夏光抬眼去看，啊了一声，一把推开：“不要，你不要再给我！”

“从哪里跌倒，就从哪里站起。”苏曦止严肃道，“夏光，再大的困难，我们不能逃避。”

“可我不想再想起，我们往前走不好吗！”夏光喊，“会疼！好疼！”

“可疼留下就是疤啊。”苏曦止叹了口气，“我希望，在你生命中永远都是美好。”

夏光怔住，泪水忍不住从眼眶内流出，她接过了那条吊坠。神之门在地上发出耀眼的光，它像突然爆发的超新星。光芒在钥匙的花纹上一闪而过。

背叛了信任的是我，感到内疚难过的人也是我，伤害你的人更是我。

可为什么得到安慰的最后还是我？

那道伤疤，它，分明长在你的胸口啊。

夏光将钥匙攥在手里，看着忽然变得渺小的世界。有些讨厌这种君临天下的感觉，眼前这个地球上已知最强大的男人就站在自己身边，原本无坚不摧，原本毫无畏惧。即使一个师的军队动用超级精密化的武器对他进行剿杀，也未必有何成效。然而他就这样把心底最柔软的位置暴露给了自己。

喜欢，真是种无上的权利，它意味着你可以掌控一个人的情绪，一个人的思想，甚至他的人生轨迹。

笑容为你，悲伤亦是你。

Yu Shenming De Chulian

Chapter 9/死神之镰

众所周知，顾氏集团作为A市龙头企业，经常举办各种高端酒会。地点选择颇为讲究，创意迭出，有时在出海的豪华巨轮上，有时在风景区的别墅城堡，最为瞩目的一次，是顾父顾准亲自操刀，用了两年时间建造的大型奇幻星宇乐园。整个园区运用当今最顶尖科技，对每粒星辰的大气成分与光谱精确计算，走入其中，飘荡的球体，让人仿佛漫步于浩瀚星海。

但谁也想不到，如此耗尽周折的巨大星图布景，仅是企业为百年庆特意搭建的宴会场所。结束当天，就被无偿转让，收入用于资助全国贫困学生。

新任总经理苏曦止到任，A市企业家富豪纷纷猜测顾家的大动作。可直到顾家派来专车，将所有人接到大宅门口，一切都让人难以置信。

传闻顾宅内多奇珍异宝、翡翠古玩，一草一木价值连城。迈过巨大门槛，历经百年的建筑宏伟瑰丽，气魄非凡，檐间走兽精工雕琢，栩栩如生。一位中年男子在巨大的树影下发出声惊呼，情不自禁地围着树干转了两三圈：“这么大的紫檀木。”

紫檀，中国古代最昂贵的树种，几乎濒临灭绝。

前方领路的妙龄女轻轻咳嗽了声，其他人纷纷噤声。廊间凉风吹起，不知不觉，仿佛到了遥远古代。

藏着无数秘密的家族，如今居然自愿开放府邸？没有任何事比人类的好奇心更要命。

小小的贵宾邀请函瞬间拥有了独特含义。

离宴会开场还有三小时。

杨晓拿着花名册，站在梳妆打扮的夏光旁，忍不住赞叹道：“天啊，几乎S省的名媛佳丽都来了。”

“上面分明一大半是男的。”夏光哭笑不得。

“夏光，你真打算和苏曦止一起吗？顾天，甚至顾家……都会很不高兴吧……”杨晓忽然话锋一转，莫名其妙冒出一句。

夏光愣住。

“哎呀，真不敢相信，我居然也被邀请了。”杨晓不等她回答，尴尬地捧着面颊陶醉。

“你来是因为你是顾氏总部员工，负责打杂。”一个熟悉的声音从旁冒出，坏笑道，“而不是因为你长得像野兽。”

杨晓如被踩了尾巴的猫：“你怎么进来的？”

“我当然是因为俊俏才被邀请。”杨乐咳嗽一声，一屁股坐在板凳上。

杨晓做出呕吐的动作，朝夏光挥挥手：“我四处逛逛，这里空气太污浊。”

“你干吗非要赶她？”见杨晓离去，夏光理了下头发，奇怪道。

“这只是我们兄妹的情趣日常。”

“我忽然有些同情她了。”

“有我这么聪明的哥哥，是她的福气。”

夏光正准备回嘴。杨乐脸上带着懒洋洋的笑容，站起身子，扶了扶夏光头上的小花，掩饰道：“今晚市局部署逮捕苏曦止。”

“今晚？”夏光吃了一惊。

“已经有确凿证据证明因利益纠纷，苏曦止被杜纯纯父女非法囚禁在市郊房屋内。他此番逃脱升天。杜家试图杀人灭口，但苏曦止对他们进行了报复。这种情形法院会从轻宣判，但是五条人命不是小数。警方已在市郊找到了那座他生活了十年的房子，内部昏暗肮脏。负责他饮食起居的妇人已全部交代。”

“简直荒谬。”夏光气愤，“那个人证嫌疑重大！”

“对啊，苏曦止是被外星人抓走的。”杨乐笑了起来，“才不是无聊的豪门纷争。可谁又会信？太无厘头了，骗小孩呢？”

“那些事子虚乌有，难道就发现不了一点点破绽？”夏光激动道。

“这才是问题的症结所在。”杨乐道，“如果这一切事件都是比人类社会高明许多的地外生命所为。以他们的水平，制造冤假错案易如反掌，甚至无须如此，一个强大而心思缜密的代言人足矣。”

“你是说顾天？”夏光犹豫半晌，鼓足勇气说出自己的猜测。

“如果苏曦止是无辜的，他就脱不了关系。”杨乐耸耸肩膀，“站在利益的对立面，如何自清？”

“不，和顾天无关，他不会去害苏曦止。”

“不管是不是他，这个案子都不普通，发生在明黄光圈之下。本身就受到人类社会的极大重视，虽没公开，但几乎世界最顶尖的刑侦专家都被秘密邀请而来。经过这几天，所有人都已明白这是远超人类想象的谋杀，真相也绝非目前的科技水平可以查明的。”杨乐从衣袋里掏出逮捕令，“夏光，这是死局。过了今夜，除非苏曦止接受制裁，在人类社会，他将永无容身之地。”

“那我要告诉他！”夏光猛地从椅子上站了起来。

“不，你不可以。”杨乐道，“虽然案件本身毫无破绽，但涉及第三类接触，全球各国首脑极其重视。特别是现在的中央，已经设立了专门的调查小组。只要对A市稍有了解，顾家那延续千年的历史和诡异的传闻根本不难调查。他杀不杀人都是次要，大家的兴趣其实集中在明黄光圈上——那个诡异的磁场异常地！”

夏光的心怦怦直跳，她几乎要蹦出房间了：“那我更要告诉他！他们会威胁到苏曦止的！他们会伤害他！”

“夏光，你以为面对一个强大而未知的事物，人类会毫无准备？现在顾家大院外早已集结了整整一个装甲营，还有一个师的兵力，这里水泄不通了，任何人都跑不掉。甚至苏曦止稍有什么异常举动，你们、我、他们，都得陪葬。”杨乐苦笑道，“我告诉你，是想让你珍惜和他在一起的最后时光。”

顾氏集团为新任总经理举行大型酒会。

灯火通明，流光溢彩。一排排缎面的红色座椅上，各个行业的排头精英齐聚一堂。他们低笑浅谈，温和谦虚。最前面端坐的是如今顾氏当家人顾准，他面容严肃，不苟言笑。与其截然相反的是一身白色西服的顾天。好几位名媛佳丽离开席位，面带羞涩地向他点头问好，然后捂住嘴巴，一路小跑，发出压抑的兴奋尖叫。

杨乐站在二楼阁楼上，俯视整个会场，一手扶着耳朵，一手靠着栏杆，黑暗中不知在讲些什么。

夏光本无资格参与此次宴会，她和杨晓挤在工作区内，看着巨大高台。台上打着灯光，一片素白。

紧张的气氛缓缓渗透进欢快的乐声里。

她有些怔怔出神，目光不由自主地移向前方。聚光灯从上方打下，犹如道白亮的瀑布。苏曦止颀长身影从阴影中缓步而出，微笑谦恭和煦。

那是种神奇的力量，在他出现的一瞬，似乎有什么人对整个会场按了暂停。人们的目光不由自主地都汇集到了他的身上。

优雅高贵的举止，英俊完美的面容，苏曦止整个人仿佛被包裹在光芒里。她听不到他诙谐幽默又饱含气势的演讲，更察觉不出旁边如潮的声浪。眼前的画面被切割成一小块一小块，每一块的中心都是苏曦止，可每一块都那样残缺不全。

夏光的眼睛被刺痛了，眼泪忍不住流了下来。

她那么卑微，那么不起眼，从开始到结束，自始至终，手指不停地摩挲着那枚钥匙，链子发出叮咚的声响。

“夏光，听完你的讲述，我要给你一个中肯的建议，不要再做徒劳的挣扎。你对抗的不是一个人的命运，也不是地球的历史进程。而是一个阴谋，包含着人类起源的秘密，是这个物种开始学会穿衣用脑，就被策划的阴谋，几十万年的时光，你对抗不了。”杨乐的声音不停在脑海中回放。

是啊，对抗不了。

真是绝望。

最简单最直白的是非曲直。有什么疑问吗？

没有。

什么都没有。

眼前一片惨白。

眩晕。

“杨晓，今天的宴会流程是什么？”夏光平静地张口问道。

“啊？你刚刚讲什么？”杨晓的注意力已经完全被吸引到台上，“哦，流程啊，大概是等事情做完了，就可以吃饭了！”

“总经理致辞完毕就能入座了？”

“你等等啊……大概……还有顾天，和有些无聊的老头子？不过真是怪了。顾家的老爷子顾城怎么没在，不会又进医院了吧。那可是建国前的老古董了。”

“杨晓，你觉得我是个什么样子的人？”

杨晓狐疑地瞄了夏光一眼：“还好啊。就是太冲动，不过有时候那样也蛮好玩的。”

“这回我会冷静。”夏光解开头绳，把叮咚作响的钥匙挂在胸前。神之门明黄的光芒在天边耀眼闪烁。

“你做什么？”杨晓不安地问，但夏光无视了她，深吸一口气，冲上高台。

此刻几位顺着阶梯走的高管纷纷愣住。

主持人先是满脸疑惑，看见顾准冰冷的神色后，急忙大声呵斥夏光。

T字形平台上，灯光耀眼，夏光在所有人的目光中，牵住苏曦止的手。

“这位是我们顾氏集团的……”主持人强行圆场，他开了腔，却不知如何往下讲。

冷场了。

台下哗然一片。

夏光和顾天的那场世纪婚礼曾惊动不少A市金融界巨头。捕风捉影的传闻流于四野。前些日子，在苏曦止到任顾氏集团的欢迎仪式上，夏光当面拒绝顾天的事已沦为笑柄。谁也没料到娶个毫无背景的野丫头，英俊多金又优雅睿智的顾天竟碰了钉子。

简直……太荒谬。

丑闻一被爆出，网上阅读和点击量迅速攀升至十几万。在这个颜即正义的时代，顾天的脸迷倒了大批花痴少女，极少有人称赞夏光追求真爱坚持自我。舆论基本一边倒，甚至有人直接在微博上吐槽，应该去检查下夏光的大脑。但也有反对的声音，一本正经地恶搞道，你们都误会了，说不定顾天只是不能人道。

可如今，所有疑问都有了答案。能让一个女孩忍心拒绝顾天，那个人一定是苏曦止。看来这两兄弟从小是冤家，连同一个女人，都要抢。

“你简直大逆不道！”顾准猛地站起身，气到浑身发抖，愤怒的声音穿越整个会场。

杨晓躲在人群中，尽量缩小身躯，打了个寒噤。

顾天也站了起来，但他没动也没说话，整个人仿佛游移到了人群之外。他面色苍白如纸，嘴角居然是捉摸不透的笑意，原本淡薄通透的眸子内，仿佛藏着只极恶之鬼。

杨乐手上的耳机被惊掉，他探出身子，对着无线设备大声吼道：“注意，注意，有人接近目标！有人接近目标！不要开枪！不要开枪！”

夏光昂起头，再次攥紧了苏曦止的手。

地狱如何，毫无意义又怎样？最后，我还是想要和你在一起啊。

自私也好，离经叛道也罢，不管世人如何破口大骂，那枚钥匙再次交到我手上时，我便情愿为你背叛全世界。

努力必须有结果，那只是小孩子的思维。我嘛，所有的处世法则中，只剩必须要做。

必须！不能！离开你！

苏曦止，善良不应被辜负，爱也应该有归属。

一瞬间，整个会场的气氛忽然变了。黑暗之中似乎有什么东西正蠢蠢欲动，巨大的树影假山后，猫着腰的身影一闪而过。

人群不安地四处张望。夏光抬眼去看苏曦止，发现他的眼中并无惊讶之色，而是股超然与冷静。

“你……”夏光太惊讶了。

苏曦止捏了捏她的指头，嘴角有抹得意的坏笑。

“你怎么会知道？”据杨乐所说，顾家外部的军队极其隐蔽，所有行动都被限定为最高机密。

难道有人提前告诉了他？

不，不可能！她忍不住去问，却见苏曦止神色一凛，扶着她的肩膀，微微偏了下头，一发子弹打在身后的木质墙壁上。

仿佛一块大石落入死寂的深潭，激起层层涟漪。人群发出刺耳尖叫。

乱了，全乱了。

杨乐在疯狂的人群中行走：“夏光，快离开！”

一队穿着迷彩服手拿重型机枪的军人包围整个会场。他们行动迅捷，站位准确，堵住各个死角。满脸油光的中年男子本在大吼大叫，一记点射打穿了他竖起的衣领。

这是全球最精英的陆战部队，身材高大，气势逼人，上了战场，杀气腾腾。

任务，不可失败。

那些娇艳如花的名媛佳丽与满脑肥肠的商界大佬全部惊呆了。哭泣、愤怒、焦虑被恐惧压抑，现场一片死寂。

分明只是短短几分钟，可恍惚已煎熬数年。

风过树梢，视角被调到很高很高的空中，顾家曲折的回廊楼阁越来越小，整个建筑群落蜕化成张简单的地图。上面标注着数十个红色小点，每个小点上都架着只巴雷特M82A1狙击步枪，它号称狙击之王。射程极远，威力巨大，纵然隔着几根粗大圆木，受到风力天气等不可抗力的阻碍，也能表现优秀，毫不费力地一击毙命。

战场狙击手极其重要却无需很多，像这种一下布置上十人的情况，真是匪夷所思。

狙击步枪上的红色小点不停晃动，穿着军装的狙击手和整个环境融为一体。只要悬停在顾家上方的直升机移动指挥部一声令下，一切就能被画上休止符了。

如此严密的网络内，目标无生还可能。

“苏曦止，你因故意谋杀罪被逮捕，请跟我到市局走一趟。”杨乐忽然从黑压压的人群中冒出，他拿着逮捕证，万年不变的无所谓表情早无影无踪，“这只是调查，并非定罪，如果你能证明自己的清白，我想法律会还你一个公道。”

方才那一枪只是麻醉，苏曦止展现的超乎常理的反应能力，绝逃不过对他进行严密监视的指挥者。冷汗从掌心冒出，杨乐默默祈祷，事态绝不能再扩大。

“可我不信任你。”苏曦止直视前方列队整齐的士兵。这太可笑了。虽说逮捕一个危险分子需要投入很多人力物力，但此时的场景怎么都太夸张。

“我给你的选择是最佳。”

“你并没有可以谈判的筹码。”苏曦止淡淡扫了眼杨乐。他说话的声音并不大，神情居高临下，仿佛在俯视蝼蚁众生。就像有魔力，没人怀疑他话语的真实性，所有人都紧张得直冒汗。双方在沉默中博弈较量。

杨乐正欲再讲，顾天不知什么时候爬上了楼阁，在苏曦止的威压下，只剩他能笑出声：“哥哥，确实没有必要去做无谓的争斗，就眼前这些人，你干掉他们只需三十秒，甚至十秒不到，你就能把天上那个直升机给打下来。可你忘了不该喜欢夏光，你们两个迟早害死另一个。”

苏曦止眼中仿佛藏着把雪亮的刀。

顾天摊了摊手，闭上嘴巴。

对峙太让人恐惧，心中泛起丝忧郁，夏光感觉整个世界都和自己无关了。孤绝之感渗透全身，她不由自主地想四处走动，心跳声被无限放大。

忽然，人墙裂开了道口子，顾准拿着根精致的龙首拐杖出现在众人之前。岁月如梭，十年的时光流逝冲淡。

苏曦止冷漠地望着他，脸上没有任何表情：“父亲，是您出卖了我，布了这个局。”

“我只是站在整个顾家的立场上考虑。人类发现了你，我必须把你交出去。孩子，并非不想庇护，只是身不由己。”顾准叹了口气，“照顾你长大，这么多年的朝夕相处，今时今日这个场面，最不愿意看见的人是我。可神之门一出现，一切都是欲盖弥彰。”

“看来你有十足的把握打败我。”

“不，有把握的是你的亲生父亲。”顾准望着飘零而下的银杏树叶，抬起了双手，仿佛凡俗之地落入星辰，光芒灵动不刺眼。整个建筑群落瞬间活了过来，发出荧光，黑暗中响起一辽远而洪亮的嘶鸣。

人群紧张地四下张望，脚下大地不安颤抖。

对于初级文明而言，他们可以运用各种无机物制造工具，进行简单的劳动和计算。无机物诸如钢铁等对环境的耐受性，使得生物渐渐放弃了原本的器官，为获得永恒变成机器。在这个过程中，生物体完成了真正意义上的进化。但随着时间流逝，他们又逐渐认识到有机体的无限魅力，开始运用科技蜕变成神——创造生物。

“天狼星人到达地球后，不仅改造了人类，更创造了怪物。狼人、精灵、巨人这些原本不存在于地球的异种被不断地制造出来，几万年时光，他们繁荣发展，却无法躲过被地球排斥的命运。这里荒废后，你的父亲，作为少数几个天狼星人的后代，和人类生下你，创造性地研制出了可以完美抵御地球法则的试剂。这瓶试剂的存在是整个星球最大的秘密，一旦暴露，人类文明顷刻灭亡。所以，早被人类同化的他，决定竭尽所能保护你和那瓶药剂。”顾准道，权杖再次被举起，“很美吧，这就是传说中的死神海拉。”

很难想象，在A市这样平凡而普通的地级市内，居然伪装着这样一件终极武器。作为对北欧神话不太熟悉的普通人，夏光只知道海拉是死亡女神，被奥丁派往死神之国，虽然是人类的样子，但身体一半美好，一半枯骨，仿佛深海中色彩斑斓的乌贼。不断变换闪烁着耀眼光泽，仰头去望，所有人都被印得五颜六色，就像进入了无边的幻想之国。这是穿越远古洪荒的恐惧，它伸长了触角，发出悲伤的嘶鸣。夏光无暇他顾，不由自主地攥紧苏曦止的肩膀。

“她醒了，很多人都会死。”苏曦止冷冷道。

“你比他们有价值。”

“如果你坚持唤醒她，我想这里会变成神话的发源地。”苏曦止讽刺道，“海拉上半身美丽，下半身枯骨只是讹传。这其实寓意身下躺着死者，死亡之国需要仆役，所有人都会死。有机体的再生能力及杀伤力，远不是人类认知所能理解。”

“整个人类都需要通过你，来了解那个未知的世界，代价是必须的。”

苏曦止再没说话。很多年后夏光回想，如果苏曦止不顾一切地带她走，结局会怎样？可真正强大的人，并非能够打败所有人，而是站在世界的最高点，身怀悲悯之心。神明对人类，莫过如是。

退让并非懦弱，而是内心深处散发的强大。

他抬首四顾，所有人，包括那些身穿军装的联合国部队都满眼恐惧与绝望。苏曦止笑了笑，朝他们走去：“就这样结束吧，我和你们走。”

Yu Shenming De Chulian

Chapter 10/尘埃落定

大雨狂流，万物癫狂。

天上降下的，应该是火吧。很大很大的火，拥有烧灼万物的力量。

顾宅仿佛一夜之间丧失了生命，处处散发着死气。

倾颓的古墙上满是诡异而焦黑的孔洞，古老而幽深的甬道内，似有猩红的眼一闪而过。

一只枯瘦的手抚摸着窗边一盆盆景，缓缓地，一下下，最后嘭的一声捏爆了它！很难想象，只能依靠轮椅行走的老者体内居然还隐藏着这样强大的力量。

顾准跪伏着，不住地磕头，冷汗顺着脖颈流下。他没有做任何解释，只是磕着头。

顾城的眼中冒了火，猛地拔出墙上的一把剑，用尽全身力气，刺了出去。顾准的左肩膀被洞穿，汩汩流着鲜血，但他甚至没动手去捂住那个伤口，依旧不住地磕着头。

顾天也跪在地板上，沉默安静，竟还带着笑。他像个旁观者般，静静看着眼前的这一幕。

“父亲，我是为了顾家啊！”顾准喊道。人类已经发现了苏曦止和神之门，如此下去，整个家族都会被牵连，打为异端！

“到底谁才是为了顾家！”顾城暴怒。

千年啊，千年，整整一个千年。千年啊，千年，不过一个千年。顾家与神明间牢不可破的纽带就这样终结了。

顾城腾地站起身，但这次，举起的剑颓然掉落，发出哗啦一声响。

清瓦之上，雨水像跳动着的音符，引爆了所有记忆与过往。

没人会记得百年前，有个叫苏段的孩子和一位叫顾城的少年间单纯而执着的友谊。他们在院子的风中追逐，互相看着的眸子中有耀眼星光。

背叛了，都背叛了。

苏段，我要到哪里去找你？

像将死之人眼中蹦出了生的希望。顾城猛地抓住顾天的肩膀：“你，要去保护苏曦止！一定要保护苏曦止。”

“好的，爷爷，我会保护哥哥。”顾天点头，眼底是一抹戏谑的笑。

大雨如瀑，顺着台阶哗哗流下。夏光站在曲折的回廊中，仰头看着端坐于二楼阁楼的顾天。顾家内部存在鬼怪的传闻已经长着翅膀飞遍了全城，无数记者堵在顾家大院的门口，水泄不通。

这样心烦气躁的日子里，练字真是项好的选择。夏光看着顾天运笔起势，修长白皙的手在纸上龙蛇鬼走。逆光的身影和少年时倒是一般无二。

她等啊等，等到门外的记者都去吃饭，人也换了一波，等到远处的城市又亮起了灯光，顾天身侧的纸变成了厚厚的一沓，可她还是站着。她不想去叫顾天，顾天似乎也懒得叫她。

这是场沉默的拉锯，伤害与心痛已漫成了片汪洋大海，恨不得两不相见，却不得不见。

暮色四合，顾天揉了揉眉心，出了宅院。他目不斜视，从夏光身旁径直走了过去。

真是绝情呢。

黑色西服蹭过肩膀，夏光忍不住颤抖。昏黄的灯光下，她面色苍白地喊了声："顾天。"

顾天顿住脚步，回头嘴角是抹捉摸不定的笑："夏光，知道你想说什么，但你最好什么都别说。"

出口的，都是伤害。

夏光咬了咬嘴唇："可我没有办法呀。"

"办法？"顾天甩开她的手，鄙夷道，"你连我都会求，还有什么办法想不到！"

你拉住苏曦止的手冲上台子的那刻，应该半分都未想到我吧！

"我觉得你应该会听我讲啊。"夏光道，"我很了解你，如果你不想听我讲苏曦止，会头也不回地走开。”

“你还真会察言观色啊。”顾天眯了眯眼睛，嘲讽地笑了。

只是啊，你其实一点都不了解。理智已经让我恨你恨到了极点，可身体依旧条件反射性停了下来。我无法拒绝你的声音、你的眼神，甚至你一切的消息。

“求你了，你救救他吧！”夏光咬着嘴唇，“我愿意用我的一切去交换。”

“嫁给我也行？”

“可以。”

雨声又一次加大了。似乎淅淅沥沥地漏进了回廊，黑夜蔓延。夏光忽然有些看不清顾天的脸了，他似乎是被恶鬼附了身，又饱含着忧郁，犹如水边一株孤单的睡莲。

“你真的愿意？”他温柔地问。

夏光点了点头。

“即使嫁给不喜欢的人？”

夏光沉默了，她看着现在的顾天，不知道什么时候，这个熟悉的男人已面目全非。爱酝酿成了恨，恨成了毒酒。他疯狂挑衅和报复，就像是一只被困在地狱的恶魔，不停地发泄着心中的愤怒。

只有如此，内心才不会失衡，只有如此，才不会丧失理智。

顾天的声音悦耳且有磁性，像是唱着歌：“即使是嫁给杀死自己父亲的杀人犯也可以？”

夏光的身体狠狠颤抖了下，她一脸震惊地望着顾天。

“很多年前啊，当我是个小男孩时，我杀死了一位叔叔。我很后悔呢！后悔到无法睡觉，无法正常生活。可是我遇见了一位天使，她哄着我，给我编了一枚草环戒指，告诉我人都是会死的，长大后要嫁给我。我怎么可以让这样一位可爱的小姑娘独自生活呢？我发誓以后一定娶她为妻，何况我剥夺了她愉快的童年，甚至杀了她的父亲。”

“我错了，我再去想想别的办法！”夏光惊恐地喊道，拉住顾天的手，“你不要再编了。”

“我说的都是真的。”顾天的语气越发温柔，“如果你不相信，我可以告诉你所有的细节。你的父亲其实并不是个单纯的商人，他还有一个身份，顾家家仆。当年你母亲难产，你父亲跪在地上祈求苏段救你。苏段虽然答应，却有私心。他从自己的儿子苏曦止身上取下肋骨组织，造就了你，可他后来便后悔了。”

“你不要再说了！我不会相信你的。”夏光哭喊着，“我一个字都听不懂！我错了，都是我的错，真的都错了！”

真正爱过，到了最后都愿鱼死网破。拼尽所有去破坏心中的美，只求有片刻义正词严地告诉自己：再不爱你。

雨越来越大，夏光失魂落魄地走出顾家宅院。街道空无一人，大雨横流。她拿着伞，看着不远处的万家灯火，心中的焦虑与悲戚如火山爆发。

漆黑的天，漆黑的地，漆黑的雨，黑到不知路在哪里。真像个无家可归的流浪儿啊。苏曦止的身影幻觉般闪过，精致美好的侧颜本就是场梦境。

他是她的遥不可及，所以啊，会让顾天来惩罚她，怎么还都还不了。

夏光把伞放在街边店铺的台阶上，猛地冲入大雨。她使劲朝前狂奔，跑着跑着摔倒在地上。

A市的街道湿漉漉的，空荡荡地下着雨，所有店铺都关门了，大街上车辆极少。

一个水花四溅，夏光丢了雨伞，飞奔过街角，死死抓住一个人的袖子。

“夏光，我帮不了你。”

“不，我一定要救他，求你了。”

“这已超出了我的能力。”杨乐忽然也摔了伞，两人在大雨中瞬间被浇湿成落汤鸡，他有些气急败坏，“你明明知道做什么都没用，为什么还要去冒险？”

夏光怔住，眼神游移不定，但固执着不肯放手。

“你说服不了我，你连自己都说服不了。给我个理由，你可以不要，但我要！”

“你说过我要拯救世界。”

“对，我是说过，但了解真相后，我们对形势进行了错误的估计。”杨乐道，“如果十年前天狼星人费尽心思想要寻找的药剂居然是个人，还是你，别说救苏曦止，你现在最需要做的是寻求庇护。可我们应该去相信谁呢？顾家，那个曾经生养苏曦止服从苏曦止的势力都出卖了他，无法保证下一个会不会出卖你。不，他们一定会出卖你。

我很不安，夏光，你那样重要，怎么会被允许四处乱跑。说不定现在我们每个举动都在被监视。”

话音一落，紧张的气氛，渗透进了雨里。

“可我不能放弃啊。”夏光道，“我再也不要面对那个弱小的我。我必须成功。”

“现在整个人类都是群弱者，外星人要攻占地球，所有人都会变成奴隶。你没必要自责。”

“可这不是理由。”

“你也给不了理由。”杨乐固执道。

雨越来越大，打在身上又冷又硬，夏光试图睁大眼睛看清杨乐的面容，可太艰难了，连说话都是片哗哗声。整个世界被隔绝在了雨帘之外。

“你觉得很难吗？”

“没有可能了，死心吧。”杨乐大声喊。

“对，没可能。”夏光低语道。

我们都是小小星辰上的尘埃齑粉，所有悲伤痛苦都无关紧要。从出生到死亡，浑浑噩噩，有梦想又怎样，要努力又怎样，我们改变不了这个世界，唯一能做的是让世界不改变我们。

可她突然抬起了头，眼底有光：“曾经我以为，宇宙不会为我停止哪怕一秒。可如今才明白，从十六岁起，它为我整整晚了十年。”

雨天真不是个值得交心的好时间，杨乐望着夏光模糊又真切的面容。十年前的那个夜晚，又悄悄地溜进了他的脑子。

医院房间内，那个女孩脖颈如优雅天鹅，眼底是透明悲伤。

她飞扬着裙摆，背影坚定执着。

他以为不会再想起。

或者说，不会……再爱上。

杨乐刻意避开夏光的目光："烦都烦死了，我要去睡觉了。"

窗外黑夜浓重，雾气很大，勉力去望也只能看见些隐隐约约亮着的灯。

顾天坐在飞机上发着呆，脑海中夏光的面庞一闪而过。他烦躁地下了飞机，很快被一圈军车和士兵围了起来。歼击机编队在低空盘旋，天空上是阵令人头皮发麻的轰鸣声。

会议大厅中已经坐满了人，响着嗡嗡的说话声。今夜，超级大国聚集在一处，讨论着中国北方一边境小城发生的第三类接触事件。

这是人类前所未有的大危机。

谎言能掩盖真相，却抵不过时间的侵蚀。

明天，后天，大后天，流言会长着翅膀飞向世界的各个角落，伴随着对实体经济的重创，对人类社会造成巨大的恐慌。

恐惧，长在了每个人的心口。

顾天淡定自若地走上主席台，看着下方人们的表情，微微一笑："我想你们会选择我当这次行动的主席顾问的，因为你们将看到奇迹。”

一瞬间，各国领导人的目光都集中在了这个来自中国的年轻人身上，充满了不信任与……猜忌。

当他们被从床上拽起，匆匆忙忙上飞机，很多人对手里的那份资料嗤之以鼻。它看起来根本不像份严肃的资料，而更靠近儿童读物。

刚进会场时，一位满头乱发的科学家还自鸣得意地总结了下：在很多很多光年外的星球上，住着一群拼命想要适应地球环境的外星人。他们为此付出了艰苦卓绝的努力，甚至不惜和马、鱼、蛇、狮子搞在一起，从而造就了神话传说中的马人、美人鱼、美杜莎、斯芬克斯。当然，我们不能太批评他们，甚至要感谢他们，因为人类就是他们乱搞出来的。如今，这个科研项目终于历经千辛万苦取得了成功。在人类与外星人的杂交体中，一个叫苏曦止的男孩异常优秀，从他身上取下的肋骨组织中，他们培育出了一个叫夏光的女孩。

这个女孩的血液是管试剂，可以让外星人无忧无虑地生活在地球上。

外星人要降临地球了！

人类即将灭亡！

“这抄袭的《圣经》！”科学家大喊，“夏娃？夏光？肋骨？愚蠢的中国人！他们除了会赚钱，想象力是零！因为这个恶作剧，我要错过我女儿的生日了！”

可如今，看着眼前发生的一切，恐惧与惊诧从内心蔓延而出。方才还坐在联合国温暖大厅内的所有人，被瞬间移动到了雄伟的奥林波斯山上。

太阳从东方升起，曙光照耀在这座圣山的顶峰，反射出瑰丽而神秘的光泽。身旁郁郁葱葱的橡树栗树和松林遮天蔽日。他们仰望那片翻腾的云海，脑海中不由自主地浮现出传说之中主宰万物的众神的面容。一条条柱廊，一座座长着奇花异草的花园。众神在富丽堂皇的宫殿中享受着永恒的欢乐和无限的喜悦。阿波罗弹奏着竖琴，美丽的卡里忒斯在树丛间翩翩起舞。缪斯柔和悦耳的歌声使众人陶醉，赫柏为宙斯的客人端上精美的食物和仙酒。他们在宴会间或争执或吵闹，谈笑倾覆世间。

“这是魔法！”一位政客睁大了眼睛。

“不，这是科技！”顾天道，视野再次转换，那些虚无缥缈的神明统统站在了眼前。

留在地球的天狼星女子们，在宴会上互相争执着谁更美丽，她们找来一个牧羊的人类，帕里斯。赫拉许诺让他成为最有权势的人，用自己手中的权力操纵奴隶人类的命运。雅典娜让他成为最具智慧的人，试图安装芯片在他的大脑。维纳斯赐给他最美丽的女人，用基因合成技术为他量身定做伴侣。

最终，帕里斯选择了美人。人类从未见过的美丽女人，海伦。

自此，人类开始了长达十年的特洛伊战争。众神分为两派，互相倾轧攻击。

这不是人类的战争，而是天狼星人之间的较量。

整个历史在脚下缓缓流淌，一切变得明朗而真实。

巨大而宏伟的宫殿如琉璃幻影，缓缓在眼前铺陈，沿着高耸的石阶一路向上，心中的敬畏与古奥的回响让人心生跪拜。一位科学家忍不住发出颤抖的疑问：“他们还活在这里吗？”

“不，很多年前，他们就已离去。诸神黄昏，众神陨落。”

很快人们发现了更多的奇妙之处——当看向花，花儿含苞绽放；走进水，水会漫过脚趾；树木拔地而起，亮起莹莹的火光。

“我明白了！我明白了！真是太神奇了！这不是魔法却胜过魔法。”一位随行科学家像哥伦布发现新大陆似的大声喊道，“人类起先开灯用手，而后发明了声控。但像天狼星这种超级文明，不需要借助外物发布命令，这是一个高超的系统，可以解读脑电波。对人进行催眠，其实，我们还是在联合国的大厅中，所以古人说的巫女鬼怪都会魔法，那是人类认知难以理解的科技。神说有光，世界便有了光。《圣经》创世纪的第一句真是不假！”

众人叽叽喳喳地讨论起来。

光影瞬间消失，顾天仍旧站在主席台上，微笑道：“下面，有人愿意认真听我的计划吗？”

杨一行志得意满地坐在宽大的办公桌前，自从明黄光圈入侵事件后，由于对本地情况熟悉，又工作经验丰富，身为A市警察局局长的他，被破格提拔为行动小组成员。虽无晋升，但无不是一个绝佳的机会。他十八岁那年考入警校，勤勤恳恳地工作了二十多年，一直幻想着能在刑侦破案方面做出大的贡献。可造化弄人，他一直不是一个很聪明的人。

所幸，在生养了一双儿女后，女孩虽貌似长残……男孩却突破了他家的智力上线，是个少见的天才。

缜密的思维、敏锐的观察力、迅速的反应能力……特别是他在刁难妹妹时所显示的能力，用于实战，简直可以重构侧写出任何犯罪现场。看着儿子长大，杨一行热血澎湃，一个大师级的刑侦专家将要诞生在他们家了！

可自从高中毕业，进了次精神病院，那个完美的孩子似乎就消失了。

取而代之的是个平庸缺乏睡眠整日碌碌无为胆小怕事的警察杨乐。和无数奋斗在第一线的普通警校毕业生一样，他无任何特别之处，甚至会拖后腿。

这难道是个方仲永的故事？

杨一行做了诸多努力，可希望越大，失望越大。人生真是不如意十之八九。就在他准备叹口气，只管自己混到退休时，奇迹发生了。

杨乐作为普通警卫成员进入顾家，表现出了超乎常人的勇气。昨晚逮捕苏曦止取得阶段性成功，是人类历史上的大事件。可能杨乐还未意识到自己的举动意味着什么。可他杨一行一清二楚！杨乐临场的应变能力，得到了上级领导的一致认可。杨一行激动了，高兴得手舞足蹈。

几年前，他背着杨乐改掉杨乐的高考志愿，如今看来真是无比正确。小孩子嘛，总有幼稚的时候，发脾气就那一阵子，等他适应了这样的人生，就会放弃挣扎。

子承父业，这是传统美德！

杨一行骄傲地背着手，站在窗前，看着一脸睡意的杨乐晃进警局大门，只觉神清气爽。

杨乐抬头看着每日列行公事站在警局外的老爹，打了个哈欠。身旁一群金发碧眼的外国人对他点头微笑。他很讨厌这种被众人瞩目的感觉，面无表情地瞪回去。本来帮助夏光接近苏曦止绝非易事，如此难度无疑又增加了。

昨晚的海拉事件发生后，各大国纷纷派出代表参加网络会议。一个外星人，还是活体！这是人类历史上绝无仅有的大事件，仿佛星星之火燎原，参会的各国之间发生了史无前例的激烈争吵。

A市出现的明黄光圈意义不明，人类首要任务不是瓜分战利品，而是对苏曦止进行审讯，获得更多有效信息。但顾家大院内沉睡的死神海拉明显对美国等西方大国造成了极大的心理威慑。有人指出苏曦止昨晚的表现太不可信，这一切或许是地外生命的阴谋，必要时应联合顾家寻找将他置于死地的方法，然后对尸体进行解剖。

但更多人将目光集中在眼前的局势上。放眼整个人类历史，从没经历过如此可笑滑稽的人质事件。苏曦止作为高出人类几个层级的超级文明派出的杀伤性武器，他若要走，谁又能留？

可手握死神海拉的苏醒开关。人类唯一制衡的筹码居然是不要自残。顾家提供的防御措施明确表示只能关住苏曦止二十四小时。

这太反常理了。恐惧和焦虑降临在每个人的头顶。

或许，在掏空了苏曦止所有秘密后，他的死才最让人安心。

杨乐上了电梯，看着一行行数字渐次亮起，翻了个白眼。

人类最无法遏制的是好奇心，虽然目前无法对苏曦止进行解剖，也不能在未经允许的情况下靠近，但在关押他的透明房间内，各种数据收集正紧锣密鼓地进行。哪怕苏曦止体温高出一度、呼吸急促一点，都逃不过无数双眼睛。更何况房间大门外是国际最先进的镭射波门禁，它们密集地斜插在走廊内，会将所有靠近的生物化作焦炭。

这种形势下，再周密的计划都是团废纸。即使是超大团队运作，莫说送进个活人，就算只苍蝇，也难于登天。

杨乐出了电梯，走近对各种数据进行分析的科研组。巨大屏幕上，苏曦止正面无表情地坐在床边，灯光打下，侧脸精致犹如石刻。手臂上的链子闪着光，据说是控制他的神秘道具。他在沉思什么？是在回忆数光年之外的天狼星，还是在脑海中游历地球的大好山河？杨乐想起曾经看过的一个研究，人类总喜欢用自己的思维模式揣度其他生物。就拿人类的伙伴狗来说，人们总觉得抚摸犬类的头是种亲昵的表现，可在自然界，那是种宣布领导权的动作。

所以，这些研究数据真的可靠？

清晨忙碌而兴奋的科学家们低头进行着各种演算与实验。牛顿、爱因斯坦等科学巨人的时代已过，如今讲究的是团队合作。计算机上跳动的字符陌生又熟悉，一切充满了回忆与梦想的味道。或许曾经，他也会是他们中的一员。可如今穿着警服站在房间中央的杨乐，只是个异物。

谁会注意一个清晨跑来科研组，满脸呆滞又心生向往的小警察？这些人都以为自己要拯救世界呢。

苏曦止，十年前，你知道我的名字，我也知道你的名字，我们却在同一个学校素未平生。今天，我看着你，你也看着我，我们就要互相认识了。

杨乐竖起衣领，脸上依旧是散漫的表情，他不动声色地走过人群，侧身闪进控制室。一眼镜男回头张望，生硬道："你做什么？这里禁止入内。"

"我是来拯救世界的。"杨乐懒洋洋道，反手打晕他，关了门。像是来喝早茶般轻松，他跷着二郎腿，打开连接苏曦止房间的麦克风。

监控室顿时乱作一团。门外喊叫声接连不断，荷枪实弹的军人冲了进来。杨一行贴在窗子上的脸尤为愤怒，眼中似乎冒了火。

此刻，一切谋略都毫无用处，唯有孤绝而超脱一切的勇气。

在给苏曦止发过一条信息后，杨乐跳上了监控室布满密密麻麻按钮的桌子，发表了最后的演讲："父亲，这辈子我都不会是一个警察。"

我将是一位杰出的天体物理科学家。

为了人类的进步与生存，迈出第一步。

热血澎湃，为青春而死。

大雨已停，天空放晴。夏光看着表，指针的滴答声就像心跳，她手心闷出汗，死死盯住前方黑暗的通道。

在杨乐的计划中，从外突破的可能性基本为零，唯一的方法是得到苏曦止的帮助。

和人类谈判。

夏光必须在最短时间内进入大楼，缩短思考的时间。这是种心理学策略，当对方发现目标只是一个人畜无害的女子。她和苏曦止之间跨越种族的恋情，对想要获取数据的人类科学家而言，无疑是种巨大的诱惑。

时间嘀嗒嘀嗒地流逝，在警局杂草丛生的家属区后院，夏光用力推开墙壁缺口处的废旧轮胎。

杨晓将汽车开到路边，挡住了拿着铲子奋力开挖的夏光。

“天啊，我简直疯掉了。”杨晓紧张地四处张望，“你以前的病一定都没好，现在升级到都会传染了。”

“这可是你自己要来的。”

“不，我是被杨乐逼来的。”杨晓坐立不安，“你知道有一个那样的哥哥，早上起来，看见自己和一具尸体同床共枕也没什么好惊讶的。”

“杨乐人很好。”

“那家伙小心眼，斤斤计较，洁癖，龟毛，恋爱情商还是零。”杨晓忽然顿住，郑重其事地纠正，“不，也许他的恋爱情商是负的。”

夏光疑惑抬头。

“以前觉得这简直是天大的好事！至少不会给我找个和他一样的浑蛋姐姐。”杨晓愤愤不平道，“如今，找是没找，都快把我拖成反人类了。”

“不，我们在拯救人类。”

“但愿你是对的。”杨晓道，“你进去见苏曦止一面，可别出什么幺蛾子。我是帮助有情人终成眷属才来的。你进去左拐，杨乐以前那睡觉的懒样，经常从那边抄小道。”

夏光点点头。

警局大门必须人脸识别上班打卡，只是这两天世界各地的专家学者一齐涌入，苏曦止被囚禁在此后，会有非常完备的安全设施上线，但今早半小时看似防御密不透风的建筑，实则还处于无序状态。大雨初晴，泥土湿润，夏光抬头望着一米多高长满荒草的墙壁，使劲翻了上去。她拍了拍身上的尘土，从老家属区的筒子楼晃出，装作若无其事地走进警局新建的大厦。

今天她特意穿着十分知性，戴着大大的眼镜，踩着高跟鞋，手中拿着一大沓英文资料。走到大门旁，和同行的意大利帅哥打了声招呼。

只要坐上电梯，到达十五楼，任务就完成了。

夏光捏了把汗，但忙忙碌碌的人群似乎从未注意她。她拿着工作证，穿过几个走廊，一拐弯推开了科研组的大门。

没有料想的繁忙景象，更没有穿着白大褂的科学怪人。

一位意料之外的人站在空荡荡的房间中央。

顾城站在正中间，枯瘦的身体像棵老树。

原来，这已是一个局。

苍白的灯光，透明的落地窗。苏曦止面无表情地站在正中央，一小队荷枪实弹的防暴警察紧张地守在通道另一头。

虽然苏曦止昨晚并没有任何过激举动，但死神海拉的恐怖身影仿佛是停驻在所有人头顶的一团乌云。心理学家和社会学家正拼命对他的人格类型和可能出现的行为倾向进行建模。

这是人类与外星人的第一次正式接触，接下来的谈判，将会决定地球的命运。

气氛紧张肃穆。

“我不需要和你们谈任何事情，让夏光过来。”苏曦止的声音清冷洪亮，“她过来，我可以回答三个问题。”

“哥哥，你不需要妥协，没必要。”忽然人群裂开一条缝，镭射光波渐次熄灭，顾天面带微笑地走上前。

“你也出卖了我？”

“哥哥，守护者一旦有背叛主人的行径，会被立刻诛杀。对于你下命令必须回答的问题，我甚至很难撒谎。”顾天摊开手。

“这场谈判派你来岂不毫无优势？”苏曦止啧了声。

“我只是作为亲属来看望下你。”顾天笑嘻嘻道。

“那实在万分感谢。”苏曦止讽刺。

“哥哥，你的脑子里应该存储着不少有关地球的知识吧。从喜马拉雅山到马里亚纳海沟，从撒哈拉沙漠到极地高原，这个星球于你而言，没什么秘密。人类的行动在你眼中，如同婴儿般简单幼稚。”一抹挑衅的笑容出现在顾天嘴角，“可昨晚你还是忽略了一点。顾家是生你养你的地方，为什么十年之后却成了无法踏足的S级禁区，难道不奇怪吗？”

“有些事情比生命重要。”

“对啊，哥哥，你目前是人类历史上最滑稽的人质呢，这样的脸都丢了，又有什么重要。”顾天微微一笑，上前一步，“那我们来聊聊你的父亲吧，顾家真正的幕后主脑。你父亲苏段和我爷爷是生死之交，说白了就是我和你的关系。在守护者这种尊卑严明的体系中，你父亲自然可以做任何他想做的事。他违背天狼星人的圣典，爱上人类女子。从出生那刻，你身上就携带着完美的人神基因。几十万年前，天狼星人煞费苦心希望研制出抵抗地球法则的药剂，制造了狼人、吸血鬼、巨人、精灵、仙人、矮人等各式怪胎。可说来真是讽刺，在他们完全放弃的那刻，你父亲却办到了。你才是最终适应一切，最完美最有价值的生灵。那个试剂的存在是地球最大的秘密，所以他，尽了他最大的力量保护你。”

苏曦止皱紧了眉头。

忽然，顾家的琼楼殿宇在四周虚拟成像，顾天围着它们转了一圈：“虽然顾家看起来很古老，但一切都是超越想象的。我昨晚真是很好奇，究竟是你父亲耗尽毕生心血，才建立起的防御系统厉害，还是你这个集合了天狼星最尖端科技的机器厉害。你父亲苏段大概死也没想到，他曾经用于保护你的武器，最后会杀死你。”

“我绝不会走到那一步。”

“是啊，哥哥，你是神明。这种科幻大剧的结尾，怎么说都该有个灭世的场景。可因为你想要保护一切的愿望，一切看起来如此和平。可你真的做到了吗？你想保护夏光不受伤害，明知顾家是S级禁区依旧入住，自己本可以逃跑，却为无知的人类放弃机会。只要你拥有绝对的力量，你就活不了太久。你那么单纯、善良、爱小动物，世界又回报你什么了？”

“小动物？”苏曦止眯了眯眼睛。

顾天呵了声，挖苦道：“不好意思，我一直以为在神明的眼中，夏光就是只小动物。下面，我带你去见她。”

警局的走廊很长，尽头是扇巨大而厚重的门。

身躯只有心脏和大脑真实活着。无数夜晚，苏曦止抚摸着心口，感觉胸腔寂静得仿佛片荒原。很多时候他都对自己的存在表示怀疑。自己或许早死了，可活着的又是什么？

如今岑寂已久的心脏居然紧张地跳动，像擂起的战鼓。

一种不好的预感升起。

他迫不及待地推开门。房间内空荡荡的，身形单薄的女子浅笑而立，手指习惯性地揉了揉衣角。

是夏光，没错。

从声音到小动作，惟妙惟肖。

一股怒气猛地冲入头顶，苏曦止闭上眼睛，微仰起头："我给你们十秒时间。"

"哥哥，你看见的就是夏光啊，这可是人类最大的诚意。世界上最尖端的实时虚拟成像技术，就和可视电话一样，只不过更加立体。"顾天透过房间内的话筒，愉快道，"她现在在另一个地方，没人强迫她。"

"我拒绝。"苏曦止冷冷道，"半小时，她必须出现在我面前。"

夏光忽然摇了摇头。她皮肤透明，面庞犹如荷瓣，额头似乎被包裹着圣光。她朝苏曦止走来，上前抱住他。

虚幻的身影径直穿过苏曦止。夏光笨拙而歉意地笑了笑。

苏曦止握紧了拳头："我必须见她。"

"刚刚是我的错。"夏光吐了吐舌头，"本想给你一个拥抱，其实这样说话也很好。我有一个决定，需要告诉你。"

时间缓缓流逝，夏光忽然贪恋起此刻的美好。苏曦止就站在前方不到一尺的地方，面容精致，耀眼到无法移开目光。

可是啊，该出口的话还是要说完。岁月的马车飞奔碾过，永不回头。

"其实，也不是什么决定啦。"夏光感觉自己的声音无所依附地飘荡在空中，"顾爷爷把真相全部都告诉我了。"

“什么？”苏曦止的心莫名慢了半拍。

夏光的眼睛骤然红了，后半句哽咽到说不出：“那年你让他们以为你才是那副药剂，你，代替我，去死了。”

房间很静，晌午的阳光透过窗户流转。

夏光正站在浪花汹涌的海岸边，捧着虚拟成像仪。身旁是严阵以待的军人，顾准正不停地看着表。

在遥远A市的一间小房子内，似乎有风，仿佛是海。浪花一层层地覆盖拍打着苏曦止的身躯，可屋内的黑暗还是不停侵蚀着他的身影。

苏曦止扬起头，那个女孩正沐浴在正午的海风里，乌黑的头发上跳跃着光芒。她就像转瞬消失的泡沫美人鱼。

时间不多了。

“夏光，你在哪里？”苏曦止沉声问道。

“别为我担心啦。”夏光道，“我以前做事总横冲直撞，骨子里还很自卑。总觉得自己做这个不好，做那个也不行。可是啊忽然有天，我发现有个男孩视我如生命，重要到他豁出了性命。”

所以啊，苏曦止，不要再为我做什么了。

十年前，在故事的开始，我就应该死了。

现在，换我来保护你。

虚拟成像仪上的图像开始不停地跳动，信号即将中断。苏曦止忽然意识到夏光在向她告别。在如此近的地方，在如此远的天涯。

他和她，永无再见之日。

“不可以。”苏曦止撕心裂肺地大喊。

“还记得你离开前的晚上说喜欢我吗？”夏光咧开嘴灿烂地笑了，她不清楚苏曦止是否能够听见。她的话变得很多，总也不想停，逻辑也开始支离破碎。

“那天，我打扫完卫生跑去问你题目，其实是故意的。你抬头对我笑，就像看透了我的小九九，但你什么也没讲，拿出稿纸就演算，算完一道又写一道，我拿起你的笔，顺手把你出的题目的答案写在了纸上。数字是520，我红着脸看你，发现你也是故意的。不知道从什么时候开始，你也是喜欢我的。”

“可是我却没有告诉你，我有多喜欢你。”夏光大哭了起来。

“放学回家时，你把自己的手机丢给我。你说这段时间家里管得严，有些东西不想给别人看。你没有给别人，单单给了我。你不知道我多开心，可我拿着那个手机，一拿就是十年。我还给你，都还给你。

“苏曦止，我真的很喜欢你啊。”

泛滥的情绪如潮汹涌。

眼前的房间消失了，只剩海浪与风。

夏光跪在地上号啕大哭，声音哽咽在喉咙里，她不知道信号是何时中断的，更不知道苏曦止是何时消失的，眼前的一切再也看不清。

我输了。

去死吧！

去死吧！

说的再冠冕堂皇！

统统去死吧！

可是，苏曦止！

我不想离开你，不想离开你，不想离开你啊。

空荡荡的房间中，夏光的身影随着光芒缓缓消失。四周变得很静，窗外似乎又下起了大雨，淅淅沥沥地顺着镶着铁栏杆的窗户流下。

一股强烈的空虚感扼住苏曦止的咽喉，他缓缓地跪倒在地。

空气中是潮湿的气息，缓慢而忧郁的天气，充满了绝望的味道。

“哥哥，夏光已经走了，你也可以离开了。”顾天打开大门，巨大的回声在走廊徜徉。

“她没有走。”

“你要去救她吗？”顾天笑了起来，看着他手上的链条，环顾四周，“恐怕没那么简单，如今人类已如惊弓之鸟。A市的所有交通要道都被封锁了，飞机、汽车、轮船、摩托车，甚至一只蚂蚁都别想浑水摸鱼跑出去。”

“我不要你给我说这些！”苏曦止烦躁，“我只问她在哪里！”

“哪里？大概会去传说中的塔尔塔洛斯吧。”

苏曦止震惊，没人比他更清楚那是什么。在赫西俄德的《神谱》中，塔尔塔洛斯被描述成一个极其幽暗的地方，其到地面的距离，等于地面到天穹的距离。事实上，那里存在着一个被天狼星人制造的针尖大的黑洞，无穷无尽地吞噬着周边的海水。

可它究竟存在在地球海水的哪个具体位置，没人知道。

“我是认真的，哥哥。”顾天道，“人类很胆小，总希望能把所有的危险消灭在萌芽之中。我亲爱的夏光就要被同胞送入塔尔塔洛斯了，那可是传说中的世界尽头。她的血液是试剂，即使死亡，也不能保证身体的其他部分不会被培植提取克隆，几百年几千年，只要骸骨不消失，地球便随时有被入侵的价值。普通的死亡并不保险，她必须死在那里。”

被黑洞吞噬，万劫不复。

“以人类如今的科技水平，想要潜入深海中寻找遗迹塔尔塔洛斯，即使动用尖端深水潜艇也未必可行。”苏曦止冷冷道。

“可他们有爷爷啊。”顾天嘲讽，“爷爷可是竭尽全力地想要救你。他要带他们去奥林波斯山的宙斯神殿，在众神聚集的地方，当然会有通往地狱的神之门。只要夏光一死，所有矛盾都会迎刃而解。地球会安全，你也会安全。哥哥，你虽然不是耶稣，却和那位混血的上帝之子真的很像。你又想保护人类，又想保护心爱的女孩，最后却献祭了自己。我早说过了，你不仅救不了她。最后杀死她的，还是你。”

她心甘情愿为你而死。你用爱，杀死了她。

苏曦止怔住，他呆呆地站在房间中央，面色苍白。

记忆中有条甬道被直直打开，他看见了曾经糟糕的自己。站在黑暗的角落中，不属于人类，亦不属于天狼星。被顾家尊为神明的父亲爱上了一个人类女子，生下了混血的他。这种物种间的沟通，使他克服了地球法则，却并没有带来多少实质上的幸福感。

他作为“人”真的很无聊啊。

一上课就花很多时间发呆，一个人站在窗户前连续几个小时看倾倒的大雨，一个人放学打扫卫生，一个人在琴房练琴，一个人在周末午后俯视下方欢笑的人群。

你从他的生活中找不到任何亮点，仿佛飘在空气中，毫无存在感。无聊透顶！郁闷致死！

可他就是喜欢待在人群里，听他们讲话，看他们说笑，更喜欢独自背着包四处旅行，让车水马龙喧闹繁华，浸润身体的每个角落。可纵然表现得再和气，周身的气场也使人亲近不起来。可忽然有天，他在观察人群时看见了另一双眼睛，空灵澄澈地映出整个世界的天光。

第一次有人那么努力地靠近他。

选座位总爱坐在他斜后方，细细地去数他浓密纤长的睫毛。扫地总爱拖到最后，只为喜滋滋地对他讲一声明天见。甚至是考试排名里，她都要拼尽全力试图离他更近一点。

不知是她的懵懂，还是因为那天天气真的很好，她结结巴巴地讲他笑起来的样子很好看。站在操场漏下的杨树阴影里，他第一次感觉真的活在了人群里。

不再孤单，不再有隔阂。

所有人都觉得他是最优秀的，温暖肆意，谦逊有礼，家世好，长得帅，成绩很好，弹起钢琴更是优雅至极。

可他们不知道的是，他是从遇见夏光的那刻，才开始真的优秀，只为不让人群中远远看过来的她失望。

孤独吗？其实也还好啊。至少在最寒冷的时候，还有火光。

苏曦止捂住胸口喘息着，汗水顺着锁骨流下。瞬间的新生与毁灭。那些刚刚复苏的记忆被身体防御机制自动清除，大脑割裂般疼痛，天狼星人为防止他失控，将记忆锁在了这副躯体的最深处。他拼命地挣扎，试图再看清那道身影，可一切变得越来越淡，甚至连最近的她也有些不清楚了。

“你没有那么好心，你很早便和天狼星联手了。”苏曦止喘息着，额头上全是冷汗。

你在瞒天过海，你在愚弄所有人，你不会让夏光进入塔尔塔洛斯，你只会毁了所有。

你不会背叛我，却背叛了全世界。

你是人类的内奸，在呼唤一个新的时代。

在那个时代里，神明降临世间，整个地球会爆发创世纪时期的大洪水。人类整个种族都会面临毁灭性灾难。

“这才是物种进化。人类在漫长的演化过程中，靠的就是一次次自我毁灭获得重生，优胜劣汰。我和顾家还有你，都会活得好好的。苏曦止，为什么你总是那么操心？”

“你真正的计划是什么？”

“哥哥，我有时候很佩服你，思路真清晰。”顾天笑了起来，“你以为我希望你们见面？苏段在创造夏光时加了道安全码。这就像钥匙和锁的关系，只有你想要杀死夏光，或者夏光心甘情愿为你而死，血液才会发生反应，成为真正的试剂。精神影响物质，最直接的反应是我们的躯体。所以人类紧张便会出汗，爱发火伤肝。而她，因为爱你。”

必须死。

“那你的计划是什么？”

“哥哥，我就知道你会问我，我甚至无法当着你的面撒谎。”顾天笑了起来，“所以这盘绝妙的大局，剩下的我都放弃。”

顾天做出了一个投降的动作，嘴角的笑容如花明艳。

戏剧开始的开始，所有人都是提线木偶，而现在，我放弃了，把一切的决定权都交给神明。

也许你们都不知道，再过几小时，他们便会通过神之门，进行星际迁跃，再次降临地球。

这不是剧中，而是剧终。我不会再给自己留任何的退路，也再没有Plan B。

哥哥，就算如今你用匕首割断了我的喉咙，也于事无补了。

孤注一掷，全力以赴，才是人生。

在这巨大的城市牢笼中，你也变成了一只可怜的蚂蚁。

它们，要降临地球了。像当年带走你一样，带走夏光，只是这次，没有回头。

万事终结。

灭世的火焰，燃起来吧。

顾天看着苏曦止道：“哥哥，十年前你告诉我，你会同时拯救夏光和整个地球，可如今已经没有时间了。”

“先生，一次十元哦。”

在A市这种北方小城，寒冷气候成了旅游的独特项目。即便是春暖花开的季节，街道上的冰雪乐园也会照常开放。顾天瞥了一眼这座有些残破老旧的娱乐场，将手中零钱丢进箱子。在人们诧异的眼神中，他拒绝穿上大衣，走了进去。

进入冰雪世界的甬道漆黑一片。黑影缓缓地爬上顾天的后背，发出桀桀的怪笑声：“你赢了。苏曦止最后的表情，真的很让人回味。

“我就知道他拯救不了世界，十年前是，十年后也是。”

“你对你的主人还真是不信任呢。”

“不，只是失望过了，就不想再期望。”

“十年前你们之间到底发生了什么？”黑影问，“按理说，你真的背叛他，就一定会死。”

“这是我和他之间的秘密，怎么会告诉你。”顾天冷冷道，“况且我们也是互相利用的关系，十年前是，十年后也是。没必要交心。”

黑影默然，它忽然意识到顾天这些年的笑容是在模仿谁，是苏曦止，十年前的苏曦止！

黑暗而伤痛的过去被埋在了岁月的湖底。

只有事件亲历者才知晓原委。

可，苏曦止，已经不再记得。

−10℃。冰雪绽放着琉璃幻彩，一群小孩子从巨大的扶梯上溜下，欢笑声冲破了屋顶。

真是难以想象，再过几小时，整个人类世界便会遭遇一场浩劫，猝不及防地走向死亡。

“赢的是你们。”顾天忽然张口，“我们都输了，我也输了。”

“你可以把夏光改造成任何你想要的样子。”黑影道，“神明对于忠心的仆人一向慷慨。”

“把她做成只属于我的玩偶？”顾天轻声道，“可她会听话吗？”

“她当然会听话。”

“爱我吗？”

“当然爱你。”

“可爱我的，大概再也不是她了吧。”顾天闭上眼睛。这一瞬间，那个强势而偏执的少年又回到了这副躯体中。

我不需要施舍。你们都只是我的玩偶，连神都一样。

他想起六年前的某天，似乎也和夏光来这里玩耍，他们欢呼着丢着雪球，从高高的冰道上尖叫滑下。他帮她拿着大衣，她吐槽着他糟糕的拍摄技术，蹦来蹦去的身影活像只兔子。

真想一辈子做朋友，如果能一直是朋友。

不会得到，亦不用失去。

这三个月发生的事情在脑海浮现，每一个场景都有了另一个结局。

在婚礼现场，她戴上了他的戒指。

在燃烧的神之门下，他救了快被苏曦止杀掉的夏光。

就在方才，他还拉着她的手，告诉所有人，一切都是误会，夏光并不是那瓶试剂。

他的剧本中，其实根本没有两文明的争斗，有的始终是他和她幸福地生活在一起。

可夏光，纵然我安排好了一切，你和哥哥都算不上是听话的演员。这世上最无法分离的相爱大概是，我把对你的爱，写进了基因里。

所以，我输了，彻底输了。

“夏光，我放过你了，放过你了。”顾天苍白地笑了，“你也放过我吧。”

大雨坠落的世界，一切都潮湿不堪。过去是条巨大而无法跨越的河流，它在城市无数街道中奔涌流淌。

苏曦止独自走过小巷，身后监视他的身影一闪而过，但一切已不重要。

故事没有结束，但似乎已画上了句号。

顾家交代完事情的前因后果，人类唯一的担心变成了如果苏曦止取下那条可以遏制力量的链条，究竟会不会失控。

毕竟，夏光会接受本应属于她的死亡。而被锁住能力的苏曦止，所做的只是早点去哀悼他还未死去的爱人。

劫持飞机？

真可笑。

出租屋外的榕树漏着天光，细雨纷纷。

苏曦止咬紧了牙齿，捂住胸口，一步步上了楼梯。

这是间很普通的房子。被叠得整整齐齐的被褥上，摆着只小熊维尼。柜旁的收纳盒中是女孩子的发卡饰品。他拿开枕头，一个小巧的棉布卡通包掉在了地上，手机滑出，边角已掉了漆，塑料外壳通透得像老玉。开机界面是黑白的，打开只有几个功能更别说上网，所有的文字都是十年之前，全是简单的校外活动和各种家常。

空白，一切都是空白。

可忽然，他被手机内的短信吸引了。

一条条，一条条，很平常的信息，却让心像雨天溢满的寂静河流，突然，决堤了。

空白的十年被琐碎的文字骤然填满，可应该不止这些。仿佛忽然被惊雷劈中，苏曦止的整个身体猛烈颤抖起来。手机号码映入瞳孔，赫然便是几个月前向他下达前往顾家的S级指令的神秘号码。虽然事后多次查询，但回拨却始终是空号。

难道夏光拿着他曾经的手机，突破了天狼星人的严密命令网络？

这太可笑了。对于天狼星这种超级文明，他们所运用的通讯方式是人类无法想象的。莫说是下达加密S级命令，便是人类运用最先进的科技也搜索不到任何信息。

可这一切又是怎么回事?

从十年前就预料到他的新生，并下令保护夏光，如今又让他拿到手机的神秘人，是谁?

血液瞬间冲入脑子，苏曦止急切地打开收信箱，按着日期往回找，2018年6月7日，他被UFO带走手机空白。

2018年6月7日空白。

2018年6月8日凌晨3时40分，一条短信安安静静地躺在其中。

“南纬15° 47’西经69° 23’。终结所有。发送人——猪宝贝。”

重型机枪在阳光下闪着光，士兵躲在楼房的隐蔽处，瞪着空荡荡的街道。老街上鳞次栉比的胡同内，密密麻麻的商店已全部关闭，一阵风过，吹起几张废弃的宣传单。目前未出现任何敌人，但预警已被提升至惊人的最高级。对于那些只是接到命令，却还不知细节的士兵而言，焦虑恐慌随处都在。

“目标持续接近中，请回答！”拿着对讲机，微微弓着背的军官焦急问话。

阳光下，一个小点出现在视野的尽头，苏曦止缓步而来。据顾家的说法，链子可以困住他二十四小时。在此期间，苏曦止不能违抗身体内程序，做出任何攻击行为。可半小时前，离开夏光房间，他没有依照承诺，返回人类的研究所，而是转头朝着老街走来。这里几乎驻扎着A市所有的有生兵力，即便他掌握了夏光去向的线索，想从这里逃脱无疑难度是最大的。

他，究竟要做什么?

“继续待命，把所有军用直升机全部调离，绝对不可以让目标拿到离开的交通工具。”

这是场极其不平等的博弈。看起来是整整一个师在对抗一人，实际上却是人类在和自己的恐惧与未知进行殊死搏斗。

苏曦止站在整个空地中央。四周建筑物犹如悬崖鸟巢，密密麻麻蹲满了严阵以待的士兵，在他抬眼的瞬间，全部抬起了机枪。

苏曦止微微蹲下身体，舒展了一下筋骨。

他在热身？！

时间在他慢条斯理的动作中静止了，如离弦之箭，猛射而出。

“目标进入了商贸大厦！”军官惊恐地喊道。

他到底是要做什么?

对于整个人类来说，此处依旧是个巨大的谜团，明黄光圈来自何方，有何用处？无人知晓。

“快点拦住他！”远处指挥部的总指挥猛地夺过通讯员手中的话筒。

无数炮弹四面八方飞射而来，从一楼开始闪着光芒轰轰作响。苏曦止冲进大楼，犹如一根巨大爆竹上的引线，引燃全场。就像最优秀的跑酷运动员，动作行云流水，矫健如豹，身形快如幻影。密集的子弹插过身体，射在墙壁上。

“他的目标是明黄光圈，拦住他！快点！”

苏曦止捏碎了旧手机外壳，其中金属闪着光芒。他飞快将这一小巧物品上的表盘拨到一个数字上。

百米高空，近二十米的距离，一跃而起。

神之门闪出耀眼光芒。

水，全部是水，黑暗中响起辽远的鲸鸣。

夏光仿佛又回到了梦境之中，她躺在一块巨大的石板上，其上布满艰涩的文字，诡异的光芒渐渐地点亮整个空间。

记得来时路上有高山草原，有白云湖泊，可当跨过巨大的神之门后，气氛变得诡异恐怖。四周建筑透明，却仿佛能吃掉什么似的，吞噬了手电筒的光与脚底的声音。

原来，这就是地狱，塔尔塔洛斯。并非存在怪兽恶魔，而是在深海之底，被剥夺了所有感官与知觉，徜徉在孤独与寒冷里。

石台底部是很诡异的景象，在头顶上方数十亿吨的水体的重压下，一个漩涡永不休止地吸收着海水。

是黑洞，时间曲率大到光都无法从中逃脱。

夏光不知道天狼星人是怎么制造的它，她躺在石板上，手里攥着那把钥匙。

小时候和阿婆一起看电视，上面总放着妖怪与神仙的故事。凡人百年之后会在奈何桥上喝下忘川水，三生三世再相见。如今，她大概是没了三生三世，黑洞是比神仙灰飞烟灭，更沉重的刑罚。

苏曦止，这个我，这段意识就要永远消失了。

好想再和你说遍再见。不是不害怕，是真的好害怕。可我，本就是个不该存在于世界上的人。

不想辜负你，属于你的时光，全部还给你。

等待死亡比死亡本身更严酷漫长。夏光面色平静地看着旋转的漩涡，忽然想起很久很久以前的那个夏天。知了在树荫中鸣叫，阳光在风中摇晃。几个孩子手拉手跑到河边，她也踩着石头过河，却不小心掉进了水里。附近常有挖沙船作业，原本深浅一致的河床忽然洼下去个大口，平静的湖底是巨大的漩涡。

她惊恐地伸手，见到的却是张微笑着的脸。她脚抽了筋，喉咙也发不出声音。岸上的孩子在笑，可她就要死了。

绝望泛起。

忽然，一双手猛地将她提起，拖到了岸边。苏曦止的笑容沾着水珠，被阳光放大成光晕："你还真是猪呢！"

"你才是，我不是。"夏光喘着气道。

"我要是猪啊，那也是宝贝。"

看来真的走到了人生尽头，居然会想起那么无聊的事。夏光无力地笑了笑。

苏曦止，这里大概也没那么恐怖啦。疼，只是一下子，剩下的，是无边的死亡。

顾城拿着拐棍的手举了起来，庄严肃穆的表情令人心生敬畏，像献祭给神明的可怜祭品。身下石板震动了，虫洞在水下旋转，必死无疑。

一瞬间，宇宙陡然停止。两文明间命运的丝线，或存或留，即将分晓。

星星隐没，大地震颤。银河似乎落在了海中，十几万年的时光就这样走到了尽头。所有等待，和所有精心策划的阴谋。

夏光的身体倾斜。

幽冥中，唯一的亮光忽然消失掉，辽远而嘶哑的长鸣响彻整个空间。

随行军人和顾城惊恐地四下张望，人们呼吸声和那深沉的喘息同步了。静静地，似乎只稍稍一动，就会惊醒长眠中的怪物。

这座深海中的古老遗迹，正缓慢苏醒了。

“快跑！”不知谁大喊了声，这群原本训练有素的士兵竟开始四散溃逃。

夏光仰头望着逐渐变成张大嘴的穹顶，忽然意识到了一个严酷事实。这是一只传说中的生物，比顾家宅院内的死神海拉还要巨大。它在深海徜徉，发出悠长鸣叫，可声音的频段太过独特。它忧伤地游荡了一个百年，又一个百年，最后像座孤岛陷入沉睡。

吊着石板的锁链被大嘴拉了上去，咔嚓，石板被咬断了。夏光仿佛在崎岖的山路上跳着芭蕾，条件反射性地用手抓住锁链，吊在半空。

“快跳，不然会被吃掉的！”顾城在下面大喊。

夏光咬了咬牙齿，猛地松开了手。

石板挨着水面迅速消失。夏光落入一个怀抱，又升入了空中。

苏曦止！

夏光简直无法相信自己的眼睛，她紧紧抱住了他！任何语言都无法形容此刻的心情，不是绝地重生，不是欣喜若狂，什么都不是！

如果真要形容有多高兴，那就是，她又不想死了！

想活得长长久久，陪伴着他！

苏曦止朝夏光眨了眨眼睛，一只脚蹬着墙壁，迅速转身，稳稳落在地上。

“你怎么来的？”顾城对着苏曦止愤怒地喊，“这个女孩必须去死！”

“爷爷，太晚了。”苏曦止道，“再过十五分钟，天狼星的宇宙战舰会穿过神之门，降临地球！”

“那她更该死！”

“下面不是黑洞，夏光会被关起来。”

这是个阴谋，顾天的阴谋。

“那你是怎么进来的？”夏光脱口就问。

在这座建筑刚刚苏醒时，神之门便被彻底碾碎了。越来越近的墙壁，嚅动的大嘴，四处游走的玻璃尖刺，远处传来惨烈的叫喊声。

好想逃跑！可在几万米的水底，又往哪里逃？

死局！彻底的死局！

苏曦止深深地吸了口气，扶住她的肩膀：“赌一把，只能相信他了。”

“谁？”

“十年前的我。”苏曦止重复道，“十年前的我，有没有和你说过什么？”

要不是条件不允许，夏光真想赏苏曦止一记栗暴。在世界毁灭的大环境下，谁会花前月下的想自己对喜欢的男孩子说了什么？

“猪宝贝是谁？”

“是你啊。”夏光迟疑了一两秒，“不，也有可能是我。”

“到底是谁？”

“我不知道啊！”

头顶的大灯忽然压下，苏曦止带着她朝旁一个翻滚。

“可能你是宝贝，我是猪吧。”夏光崩溃道，“也可能反了过来。”

苏曦止啧了声，猛地拉起夏光，朝一侧闪进。碎石崩塌，巨大的触角擦过面颊。

从未有过如此疯狂刺激的奔逃……苏曦止拉着她穿过无数逼仄的甬道，旁边的玻璃尖刺狠狠地贯穿，夏光抑制不住地发出尖叫，可忽然脚底一空，眼前一片雪亮。

碧蓝的湖水泛着涟漪。雪山草地，蔚蓝无际。他们竟瞬间又穿越神之门，走过了半个地球。

阳光照在皮肤上隐隐发烫，夏光跪倒在地上，大口喘着粗气，眼前的景象似曾相识，是的的喀喀湖。

“南纬15° 47’西经69° 23’。终结所有。”苏曦止轻声自言自语，“还有十分钟。”

“你到底想说什么。”夏光挣扎着问，她捂住腹部，感觉内脏器官都被跑掉了好几个。

“夏光，还记得你说过在水中失去意识也能清楚地看见自己和别人吗？”

“是，可那是幻觉。”

“不，那不是幻觉，那是属于你的一种能力。去察觉四周的一切。”苏曦止摇头，“我父亲在创造你时，担心你会遇到危险，给予了这样的洞察力，并非濒临死境才可被激发。你不需用眼，只要用心。”

夏光怔住。

“曾经，我给你讲述神之门时说过，几万年前，天狼星人为了便利的交通制造了大量用于星际穿越的虫洞，如今燃料耗尽，加上多年战争，早已没有几个像样的可以进行超大规模航行。十年前的我应该一直在寻找隐藏在地球上的唯一可用的神之门。”苏曦止拿出那部老旧的手机，其上的坐标正是这里，的的喀喀湖，“这条信息应该是我被抓后，在地球上的最后一条短信。所以除了接口被我修改到A市的神之门外，这里应该还存在另一个，巨大的、可以进行时空之旅的神之门。只要毁了它，以目前天狼星人的科技水平，他们再次到达地球，最起码需要三百年的漫长时光。”

这是个有关时间的游戏。

夏光，会守护你。我要的不是十年，而是你一生的平安喜乐。

还有八分钟。

苏曦止紧紧地握住了夏光的手，温暖缓缓地流进了心里。这一瞬间风似乎停了，阳光也分解成了七彩，树梢上的落叶脉络鲜明。

这片土地上的一切都回归到了原始的模样，沧海桑田，万物变迁。

一双眼从黑暗中苏醒，缓缓张开。无尽的水底，在被岁月掩埋的沙石中，响起了悠长的鲸鸣。

脑海中无比清晰地映出所有的景象。夏光终于分清了这些水是从上方落下，还是从下方飞起。苍穹最高处，浮光游动，一座水底的古城在脑海中缓慢铺陈。

苏曦止顺着夏光的目光，跳入水中。

四周景物陌生而诡异，由石头砌起的建筑以物理学难以解释的扭曲姿势伸向天空，仿佛无数黑木组成的阴森森林。

苏曦止犹如一条迅捷的鲨鱼，飞速奔袭。

遥远的时空中，一群巨大的星际战舰正在穿越神之门，引擎发出轰鸣。

还剩两分钟。

建筑物上镶嵌着古朴而精致的尖端仪器，闪烁着微弱的光芒。苏曦止手上限制他的手链豁然断裂，张开的羽翼在水中劈开。无数气泡沸腾了，广场中央投射出巨型屏幕，横竖纵深了几千米，幻化的千百游鱼溃散消失。

古老的鲸在吟唱，那不是任何生物，而是只深埋水底孤单寂寞的权杖。

苏曦止用尽全身力气，抓住了它，仿佛有把开天的巨斧劈下来，整个水面裂作两半。

千年前，摩西领着犹太同胞逃离埃及，也用权杖劈开了全新的世界。

灵魂深处泛起阵战栗。

湖底的星际港口，又一次重见天日。

淤泥和水草，加上沉重的岁月，全部刮了起来。

夏光和苏曦止隔着湖水，相视而立。

一部保存完好的旧手机，老旧的外壳被卸了下来，内部金属闪烁着莹莹光泽。

这下夏光看清楚了，或许给她保存的一直不是手机，而是可以开关神之门的关键零件。

他取下那条他一直戴着的水晶头骨吊坠，用尽浑身力气，丢了过来。

水晶头骨吊坠在空中碰着什么物体，骤然碎成了齑粉。一个巨大的透明屏障隔绝在天地之间。

苏曦止看着这巨大屏障，表情释然又轻松："夏光，你知道我一直最害怕什么吗？我没有回忆，也没有人类的思维。十年前，我被天狼星人抓回了母星，他们用我的身体做实验。我被肢解了，只有心脏和大脑保留了下来。"

"你在我心中一直是完整的啊。"夏光害怕道，一股不祥的预感笼罩心头。

“人类身体内的代谢周期大概是七年，七年后会变成不同的人。而如今这个，只是拥有和苏曦止相同样貌的机器，以前可以有，未来也可以有很多。他早就死了。”

“不，你一直是你啊！”夏光焦急地喊道，内心的无力感豁然爆发。她跳下了湖岸，踉踉跄跄地踩在淤泥遍布的湖床上。

可苏曦止没有上前，反而握着那个金属物件后退了一步：“夏光，我一直在思考对我下达保护你的S级命令的神秘人到底是谁。如今，拿到这部手机，我知道了。”

是我自己，十年前的自己。

这是个局，十年前苏曦止亲手布置的局。

他用性命拿到了天狼星每次往返地球必须穿过神之门的确切位置，如今，他需要十年后的我来摧毁它。

这是使命。

顾天，最后赢了的人，还是我。

“我听不懂你在说什么啊！”夏光扑了过来,可身体被一面巨大的透明屏障挡住了。

“我是说，好好说再见，这次不要再等了，傻瓜。”苏曦止按动了按钮。

黑影在跃出神之门的那刻发出巨大而愤怒的嘶吼，包含着对苏曦止的诅咒。整整一个天空，天狼星所有战舰化作一片火海。

绽放那样美丽的烟火，却那样残酷。

夏光紧紧压着隔绝天地的巨大透明屏障，仿佛这毁天灭地的爆炸是从心底延伸出的，她撕心裂肺地哭泣起来。

苏曦止，你是骗子吗？

你说好和我一起去奥林波斯山看雪！说好了，会永远待在我身边！

在另一边，苏曦止的身体被耀眼的明黄火焰融化了，刺目的光彻底贯穿了他。那些原本异常坚固的金属汩汩流淌着，他艰难地抬起手，紧紧按在了夏光的手上，另一只手擦了擦她的眼角。

原来，他是想你微笑啊。

夏光，他是想对你微笑啊。

那，就永远微笑好啦。

“这或许是我生命中最大的烟火，从天空的一头烧到了另一头。”

很多年前夏光穿着短袖，站在人潮涌动的街头。

夏天的风，从脚底吹起。

高中毕业那年，整个班的人在校门口说了再见，那样轻飘飘的，不知不觉的，连是谁先忘记彼此，还是忘了别离，都有些弄不清。

微笑的灿烂中。

那些人，没有一个，叫作苏曦止。

完稿于2017年7月16日